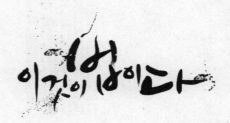

KB121117

이것이 법이다 184

2024년 5월 23일 초판 1쇄 인쇄
2024년 5월 28일 초판 1쇄 발행

지은이 자카예프
발행인 김관영

기획 박경무 강민구 임동관 조익현 최시준 신정윤
책임편집 최전경
마케팅지원 유형일 장민정

발행처 (주)로크미디어
출판등록 2003년 3월 24일
주소 서울시 마포구 마포대로 45 일진빌딩 6층
Tel (02)3273-5135 **Fax** (02)3273-5134
홈페이지 rokmedia.com **E-mail** rokmedia@empas.com

ⓒ 자카예프, 2015

값 9,000원

ISBN 979-11-408-2122-8 (184권)
ISBN 979-11-255-9575-5 04810 (세트)

이것이 법이다

184

자카예프 장편소설

ROK
MEDIA

로크미디어

CONTENTS

정치는 느리다

노형진의 예상대로 소문나기 시작하자 일본의 포경 산업에 대한 분위기가 완전히 틀어지기 시작했다.

기업이 위험하다고 소문나는 것과 그렇지 않은 것은 완전히 다른 이야기다. 당연히 기업이 망하는 분위기면 정부가 나서기 마련이다.

노형진 또한 그걸 예상하고 있었다. 그래서 그걸 대비하기 위한 계획을 말해 주었는데, 데이지 어윈이 너무 놀라는 반응을 보였다. 아니, 놀라는 걸 넘어서 혐오감을 내비쳤다.

"고래 고기를 팔 거라고요?"

"네, 그럴 겁니다."

"미쳤어요? 포경 산업을 없애겠다고 이러는 건데?"

"엄밀하게 말하면 줄이는 거죠. 고래를 먹는 나라는 일본 외에도 여러 곳이 있으니까요. 그리고 줄이고 불필요한 살상을 하는 걸 막고 싶은 거지, 갑자기 모든 걸 불법으로 만들려는 게 아닙니다."

"그거야 그렇지만 우리가 고래 고기를 파는 것도 아니죠. 진짜로 포경을 하시겠다는 거잖아요!"

"아니죠. 고래 고기를 사서 팔 거라니까요, 원가에."

"제 말이 그 말이에요. 포경을 막기 위해 고래 고기를 파는 건 위선이라고요."

그 말을 들은 노형진은 데이지 어원을 보면서 혀를 끌끌 찼다.

"무슨 김밥에서 햄 빼는 소리 하시는 겁니까?"

"네?"

"그런 게 있어요. 한국 음식 중에 김밥이라는 게 있거든요."

인터넷에서는 유명한 밈이다. 어떤 비건이 자신이 비건이라며 사진을 올렸다. 김밥에서 햄을 뺐다면서 말이다.

그야 그가 비건이니 당연한 행동이다. 문제는 자신이 오늘도 돼지를 살렸다는 말도 덧붙였다는 거다.

이미 햄을 만드느라 돼지를 죽였고, 되살릴 방법은 없다. 그리고 미래의 도살을 막을 수도 없다.

하지만 그 비건은 자기가 돼지를 살렸다면서 뿌듯해했기에 사람들은 그런 그의 무지를 놀렸다.

"그게 무슨 말이죠?"

"우리가 사고자 하는 고래는 이미 죽었습니다. 그들을 살릴 방법은 없죠. 그러니까 그걸 사서 팔자는 거죠."

"그러니까 그렇게 소비가 늘면…… 아니, 그건 양심상……."

"양심만으로 싸우면 이길 수 있는 일에도 못 이깁니다."

실제로 재판에서 양심은 부차적인 경우가 많다. 온갖 전략 전술을 쓰고, 그 과정에서 승리를 위해 양심보다는 계획이 더 우선시된다.

"양심적으로 뭘 어떻게 싸울 겁니까?"

"그거야……."

"그 영화에서 나오는 대사 아시죠? 시추하는 시추선에 와서 시위하는 시위대보고 그 똥 같은 배가 기름을 얼마나 처먹는지 아느냐고 조롱하는 거요."

"그건……."

상당히 유명한 영화에서 나온 말이며 틀린 말도 아니다. 수많은 자연보호 단체를 운영하는 사람들이 그런 이중적인 삶을 살아간다.

"싸우기 위해 필요한 건 양심이 아닙니다, 전략이지. 양심으로 싸우고 싶으면 캣맘 하시면 됩니다."

"캣맘이 뭔데요?"

"고양이가 불쌍하다고 사방에 사료를 뿌리고 다니는 사람이요."

캣맘이라는 말에 데이지 어원은 떨떠름한 얼굴이 되었다.

캣맘이라는 용어는 한국에서만 통하는 것이지만 고양이 사료를 뿌리는 사람들은 전 세계에 퍼져 있기 때문이다. 그래서 일부 국가는 아예 그걸 불법으로 못 박아 두기도 한다.

책임은 지지 않고 문제만 이야기하니까.

심지어 일부 국가에서는 캣맘 정도가 아니라 쥐에게 먹이를 주는 사람들까지 존재한다.

그들은 오로지 자기 양심의 평안을 얻기 위해 그러는 거다.

"지금 그 수준으로 일하시려는 건 아니지 않습니까?"

"하아~ 그건 그래요."

"그러니까 우리는 고래 고기를 팔아야 합니다. 정확하게는 매점매석을 해야 하죠."

"매점매석이라니……."

"생각해 보세요. 지금 일이 이 지경이 되었는데 일본 정부가 안 나설 것 같습니까?"

당연히 나설 거다. 수십 년간 막대한 뇌물을 받았고, 또 최근 수년간 막대한 보조금을 주면서 수익을 발생시킨 기업들과 정치인들은 이제는 한 몸이라고 봐야 한다.

"아마 온갖 방법으로 고래 고기의 판매를 늘리려고 할 겁니다."

"음……."

"그런데 현시점에 지금 하루메사 포경산업을 비롯해서 수

많은 포경 산업들은 자기가 빵구 난 걸 메꾸기 위해 돈이 필요하거든요. 그러면 가장 좋은 방법은 뭐겠습니까?"

사옥을 팔거나 배를 파는 것은 불가능하다. 일본 포경 기업들의 가치가 바닥인 이유가 이 포경선들의 선체 수명이 다했거나 전용할 수 없기 때문이 아니던가. 이제 와서 그걸 팔아 봐야 고철값밖에 안 나온다.

그렇다고 사옥을 판다? 그건 그냥 '나 망했소.'라고 인정하는 꼴이다.

"최선은 고래 고기를 파는 겁니다. 수년 치가 쌓여 있으니까요."

"그런데 그게 효과가 있을까요?"

"사실 거의 없죠. 정부에서 그런 행동을 하면 이득은 중간에서 다 처먹거든요."

"네?"

"한국에서도 그런 경우가 엄청나게 많습니다. 뭐랄까, 결국 상업이라는 시장을 정치인들이 모르는 거죠."

종종 한국에서는 한우 파동이라는 게 터지곤 한다. 사육두수가 너무 많거나 소와 관련된 질병이 돌거나 해서 소값이 미친 듯이 떨어지는 거다.

그러면 정부에서는 농가를 살리겠다고 갖은 노력을 한다. 예산을 투입하고 사람들에게 한우를 사 먹자고 캠페인을 한다.

"그런데 웃긴 게 뭐냐면 말입니다. 산지에서는 이제 송아지는 줘도 안 받을 정도로 가격이 떨어졌는데 정작 사람들이 사 먹는 소고기는 여전히 1인분에 10만 원씩 한다는 거죠."

식당만 그럴까?

아니다. 정육점에 가도 한우 가격이 떨어지는 경우는 거의 없다. 진짜 많이 떨어져 봐야 10% 내외 떨어질 거다.

구조적으로 중간 비용이 많이 들어서?

물론 그것도 어느 정도는 맞다. 하지만 가장 큰 원인은 이 지원이라는 걸 생산자가 아닌 중간 유통 업자가 다 처먹는 구조로 되어 있다는 것이다.

"웃기지만 현실이 그렇습니다. 정부에서 뭔가를 밀어주면 그 돈은 중간 업자가 처먹죠."

"하지만…… 일본은 포경 업자들에게 막대한 돈을 주는데요?"

"아아~ 착각하지 마세요."

"착각이라니요?"

"그 돈은 기브 앤드 테이크죠."

일본이 포경 업자들에게 막대한 보조금을 주는 이유는 포경 업자들이 그만큼 막대한 뇌물을 주기 때문이다.

"그런데 그 돈을 포경 업자들이 더 많이 줄 것 같습니까, 아니면 유통 업자들이 더 많이 줄 것 같습니까?"

"그거야……."

아무리 포경이 일본의 전통적인 산업이니 뭐니 해도 결국 그 시장은 뻔하다. 그에 반해 유통은 전 세계 어느 나라에서

든 가장 큰 규모를 자랑하는 산업이다.

당연히 유통 업자들이 주는 뇌물이 압도적일 수밖에 없다.

"막말로 국회의원들이 소고기 소비를 위해 일할 때 정말로 대안이 없어서 그렇게 일하는 걸까요?"

예를 들어 보조금을 나눠 주더라도 한우를 키우는 농가를 위한 사료 보조금으로 준다거나 국민들에게 직매할 수 있는 시스템을 만드는 데 투입하면 장기적으로는 더 싼 가격에 더 많은 한우를 먹을 수 있는 구조가 생겨난다.

하지만 정부는 절대로 그렇게 하지 않는다. 그 대신에 한우 유통 라인에 돈을 투입한다.

그러면 그 유통 라인에서는 그만큼 돈을 깎을까?

아니다. 100억을 지원받으면 200억만큼 가격을 올리고 100억을 깎아 주는 수법을 쓴다.

그러다 보니 산지에서는 소를 키우는 게 막대한 손해를 보는 상황이라 멀쩡한 송아지도 살처분 하는데, 아이러니하게도 도시에서는 먹고 싶어도 비싸서 못 사 먹는 상황이 되어 간다.

"한국도, 일본도, 심지어 미국도 결국 더 많은 돈을 주는 곳으로 더 많은 정치자금이 흘러갑니다. 더군다나 지금 일본 정부는 포경 산업에 더 이상의 돈을 투자할 수가 없습니다."

그렇잖아도 전 세계에서 신나게 일본의 포경 산업의 분식 회계에 대해 씹어 대는 판국에 포경 산업에 대한 투자는 제

아무리 일본의 정치인들이라 해도 눈치를 살피지 않을 수가 없다.

분식 회계는 단순히 서류 장난이 아니라 말 그대로 범죄이기 때문이다.

"그러니 그들이 돈을 투자할 곳은 유통망입니다. 하지만 그러기까지는 시간이 좀 걸릴 겁니다."

"시간이 걸린다고요?"

"네, 정치는 느리니까요."

사실 그럴 수밖에 없다. 지금 이 순간에도 이 문제를 심각하게 인식하고 방법을 찾고 있겠지만, 설사 그게 너무나도 뻔한 방법이라 할지라도 실행되기까지 한참 걸리는 게 바로 정부라는 조직이다.

"특히 일본은 더더욱 그런 성향이 강하거든요."

실제로 일본의 후쿠시마에서 핵발전소가 터졌을 때 한쪽에서는 구호품이 썩어 문드러지고 있는데 다른 한쪽에서는 사람들이 굶어서 쓰러지는 일이 벌어지고 있었다.

그런데 그런 상황이 발생하게 된 원인은 위험한 구역을 지나가야 하는 것도, 사회 시스템이 붕괴된 것도 아니었다. 해당 지역에 진입 허가는 긴급 차량으로 제한되어 있었는데, 정작 단순 물자 수송을 하기 위한 차량은 긴급 차량으로 분류되지 않았기에 정부에서는 허가를 내주지 않았기 때문이다.

한국 사람 입장에서는 이게 뭔 개소리인가 싶겠지만 일본은 그런 나라다. 긴급 차량의 진입이라고 하면 '당장 필요한 차량'이라고 받아들이는 게 아니라 '이 상황의 어느 부분까지를 긴급으로 판단할 것인가?'라는 개념을 가지고 몇 달을 싸우는 곳이 일본이다.

"오죽하면 그 당시 일본 최대의 자선단체는 야쿠자라는 소리도 있었죠."

그들은 법 따위를 완전히 무시하고 다녔는데, 두려움에 공무원들도 그들을 막지 못했기 때문이다.

"음······."

"중요한 건 그 시스템을 중간에 끊어 버릴 수만 있다면 일본의 포경 산업을 구조적으로 고사시킬 수 있다는 거죠."

"그게 바로 일본의 고래 고기 유통이라는 건가요?"

"네."

"이해가 가진 않지만."

데이지 어윈은 한숨을 쉬었다. 그녀로서는 전혀 이해가 되지 않는 일이었다.

"그렇게까지 말씀하신다면 뭔가 생각이 있으신 거겠죠. 알겠어요. 그러면 그 고래 고기를 어디서 구하시게요?"

"이미 시장에 미친 듯이 풀리고 있습니다. 그것도 아주 헐값에요."

수년간 쌓여 있던 고래 고기를, 각 포경 기업들은 어떻게든 처분하려고 발악하고 있다.

그도 그럴 게 분식 회계라는 걸 덮거나 하다못해 은행에 돈이라도 갚기 위해서는 단돈 몇 푼이라도 구해야 하기 때문이다.

더군다나 칼리돈에서 지적한 것처럼 아무리 냉동 시설이 잘 만들어졌어도 고기라는 건 시간이 지나면 변질되거나 질이 떨어질 수밖에 없다. 당연히 뭔가를 팔아서 돈을 만들어야 한다면 가장 먼저 팔아야 하는 게 바로 고기다.

"그러니 그 고래 고기를 사야죠."

그리고 역으로 그걸로 포경 기업들을 공격하는 게 바로 노형진의 계획이었다.

"아마 그건 그놈들도 예상하지 못하고 있을 겁니다, 후후후."

⚖️

"츠카베 의원, 이거 말도 안 되는 소리인 거 아시죠?"

츠카베 타카코는 새로운 법안을 발의했다. 하지만 대부분의 의원들은 영 마음에 들어 하지 않았다. 그야 당연했다.

"지금 포경 기업들, 분식 회계랑 적자 문제로 시끄러운거, 의원님도 잘 아시잖아요. 그런데 지금 이 상황에서 포경산업 지원책을 육성하자고요?"

"그러지 않으면 포경 산업이 망하니까요."

"그거야 그 멍청한 놈들이 제대로 일하지 않아서 그런 거고요."

츠카베 타카코에게 뇌물을 준 건 포경 기업이지만 유통 기업들로부터 돈을 받는 일이 더 많은 상황. 당연히 의원들 사이에서 무게 추는 유통 라인에 쏠릴 수밖에 없었다.

"현실적으로 봅시다. 이 상황에서 포경 기업들에 우리가 돈을 주면 국민들이 어떻게 생각하겠습니까?"

"그러면 우리 전통 산업을 망하게 놔두자는 건가요?"

"그건 아니죠. 하지만 포경 기업들에 직접 주는 건 안 될 말이라는 겁니다."

"맞습니다. 이번에 분식 회계한 거 보니까 가관이던데."

"우리가 돈을 주지 않으면 버티지 못하는 기업들이라니, 그게 말이나 됩니까?"

츠카베 타카코는 그런 의원들을 보면서 입술을 깨물었다.

'이러면 안 되는데.'

아무리 야마모토 시즈오에게 연락하지 말라고 했지만 그래도 하루메사는 자신의 가장 큰 후원자다. 그런 하루메사가 넘어가면 다음 선거에서 자신이 다시 국회의원의 자리를 차지할 수 있는지가 불확실하기에 츠카베 타카코는 어떻게든 그들을 지원하려고 노력 중이었다.

그러나 이미 상황을 눈치챈 다른 의원들은 포경 산업보다는 자신들에게 도움이 되는 다른 곳을 지원해 주길 원하고 있었다.

"역시 이런 건 유통이 늘어야 정상 아니겠습니까?"

"그건 그렇지요."

"맞습니다. 유통을 늘려야 합니다. 아시다시피 이 모든 원인의 이유가 바로 유통 아닙니까?"

"하긴, 요즘 고래 고기를 먹는 사람이 없으니까 재고가 쌓이는 거겠죠."

"그러니 유통에 지원해서 궁극적으로 시장을 확대하는 방향으로 가야 합니다."

"맞습니다."

'이게 아닌데.'

츠카베 타카코는 속이 바짝바짝 탔다. 하지만 이미 이쪽은 정당성마저도 잃어버린 상황. 이 상황에서 그녀와 일부 국회의원들이 직접적인 지원을 요구해도 그게 들어 먹힐 리가 없었다.

"그러면 이렇게 하죠. 고래 고기 유통을 위해 해당 유통업에 보조금을 지급하는 겁니다."

"판매도 늘려야 합니다."

"고래 고기를 파는 사람들에게 보조금을 제공하면 가격을 낮추지 않겠습니까?"

물론 말도 안 되는 소리였다. 하지만 그들에게 그건 아무래도 상관없었다. 중요한 건 그들 자신들의 주머니가 두둑해져야 한다는 거고, 그러기 위해서는 자신들을 지원하는 유통 업자들의 주머니가 두둑해져야 한다는 것이었다.

"그러면 적극적인 지원을 통해서……."

그렇게 포경 기업들이 철저하게 배제된 채로 포경 산업의 미래가 결정되고 있었다.

* * *

"수량이 미쳤네."

노형진은 보고받은 고래 고기의 양을 보면서 혀를 내둘렀다.

엄청난 재고가 있다는 것은 알고 있었다. 그리고 보조금 때문에 계속 고래를 잡고 있다는 것도 알고 있었다.

그러나 설마하니 고래 고기가 수천 톤 분량이나 쌓여 있을 줄은 몰랐다.

"일본 놈들이 진심으로 미쳤군요."

데이지 어원은 노형진보다 훨씬 더 크게 분노했다.

이 정도면 진짜로 잡을 이유가 없다. 그런데 오로지 돈 때문에 죽이고 고래 고기를 냉동 창고에 처박아 둔다는 게 이해가 되지 않았던 것.

"뭐, 그나마 이건 양심적인 거죠."

"양심적이요? 이게요?"

"중국에서 샥스핀을 어떻게 구하는지 모르십니까?"

"끄응."

"그놈들은 최소한 버리지는 않지 않습니까?"

중국에서 샥스핀은 최고급 요리로 취급받는다. 하지만 원래 샥스핀은 그냥 무無맛이다. 하지만 그 최고급 요리라는 타이틀 때문에 먹는 음식이 바로 샥스핀이다.

"중국 놈들은 그걸 구하기 위해 상어를 잡아서 지느러미만 잘라서 바다에 다시 던지죠."

분명 그러한 행동은 불법이다. 법적으로 샥스핀을 요리하기 위해 상어를 잡은 경우에는 배에서 상어째로 냉동시켜 육상으로 가져온 뒤 지느러미를 잘라서 유통시키도록 되어 있다.

하지만 중국은 그렇게 하면 자리를 많이 차지한다는 이유로 배에서 산 채로 상어의 지느러미를 자른 뒤 바다에 도로 던진다.

그리고 상어는 수영하지 못하면 익사한다.

"최소한 이 새끼들은 고래 고기를 보관하기는 했잖아요?"

"하아~."

"그래도 일단 우리가 상당한 양의 고래 고기는 확보한 것 같군요."

"네, 그러네요. 그런데 이제 어쩌실 거예요?"

"팔아야죠."

"아니, 그러니까 어디다 팔 거냐고요. 이거 팔면 욕먹는다는 건 아시잖아요? 신경이야 쓰지 않겠지만."

그 말에 노형진은 피식 웃었다.

"걱정하지 마세요. 금방 올 테니까."

"금방 온다고요?"

"네, 후후후."

⚖️

그렇게 얼마가 지나자 노형진을 슬며시 찾아온 사람이 있었다. 일본 최대 수산물 유통사인 오카수산이었다.

"미스터 노, 미스터 노가 일본의 고래 고기를 다 구입했다고 하던데, 사실입니까?"

"글쎄요?"

노형진은 포경 업체들이 보유한 고래 고기를 구매할 때 다른 기업을 내세워서 구매했다. 그랬기에 소문이 나기야 했겠지만 확실하지는 않았을 거다.

물론 하루메사를 비롯한 포경 기업들이 노형진이 차명으로 고래 고기를 구입하는 것을 몰랐을 가능성은 낮다. 하지만 아무리 사이가 좋지 않고 인수가 틀어졌다 해도 일단 자기들이 살아야 하기에 당장 돈 주는 사람을 무시할 수는 없었다.

그래서 일본에 있는 거의 절대다수의 냉동 고래 고기는 노형진의 손아귀에 들어온 상황이었다. 그런 만큼 그 돈이 적잖이 들었지만 노형진은 그걸 그대로 허무하게 날려 버릴 생각이 없었다.

그걸 태워 버리면 포경 산업이 또다시 신나게 고래를 잡아 올 테니까.

도리어 이 경우는 그 고래 고기들이 일본에 계속 있는 게 더 좋았다.

"그걸 저희가 인수하고 싶은데요."

"미안하지만 저는 모르는 일입니다만?"

"그러지 말고 말씀해 주시지요. 저희가 적극 유통하고 싶습니다."

노형진은 그 말에 씨익 웃었다.

'그러겠지.'

정부는 아마도 고래 고기 판매를 육성하겠다고 할 거다. 그리고 그 과정에서 발생하는 이득은 구조적으로 유통 업자들이 받아 간다.

문제는 그 전제 조건이 고래 고기를 보유하고 있어야 한다는 거다.

'하지만 일본에 남은 고래 고기가 별로 없지.'

물론 고래 고기를 구입하는 데에 들어가는 돈은 상당했다. 하지만 그걸 일시에 구입할 능력이 되는 게 마이스터였다.

'그리고 정부의 지원을 받아야 한다고 하면.'

당연히 고래 고기를 유통해야 한다. 그런데 고래 고기를 마이스터가 다 쥐고 있다?

그러면 선택지는 하나뿐이다. 고래 고기를 마이스터에서 사는 것.

"저희 계열사 중 한 곳이 고래 고기를 산 건 사실입니다만."

"그러면 저희한테 파시는 게 어떤지요."

"글쎄요? 그건 곤란하겠는데요."

"네? 어째서 말입니까?"

"이미 소문이 다 났습니다. 일본 정부에서 고래 고기의 유통에 관해 지원책을 발표한다던데."

그 말에 찾아온 직원의 얼굴이 굳어졌다. 그걸 아는 건 자신들과 일부뿐이기 때문이다.

정부에서 뭔가를 하려고 할 때 갑자기 모든 게 결정될까?

아니다. 당연히 그 안에서 이권을 나눌 놈들에게는 이미 정보가 다 넘어가 있기 마련이다.

그런데 그걸 노형진이 어떻게 안단 말인가?

물론 노형진이 안 방법은 간단하다.

'네가 생각하는 게 뻔하지.'

그에게 찾아오면서 과연 그 지원책에 대해 생각하지 않을까?

당연하게도 할 테고, 노형진이 그에게 접근해서 그 기억을 읽어 내는 것은 딱히 어려운 일이 아니었다.

"저희가 그걸 산 건 포경 산업은 힘들어도 유통이라도 해 보기 위함입니다. 그런데 그걸 왜 내놔야 하는지 모르겠군요."

"하지만…… 그건 어디까지나 일본 내 고래 고기 유통을 위한……."

"네, 그건 일본에 풀 겁니다. 저희가 수출을 위해 그 모든 고기들을 산 건 아닙니다만? 일본 말고 고래 고기를 사는 나라는 거의 없습니다만?"

"그거야 그런데……."

그 말에 담당 직원은 당황해서 어쩔 줄 몰라 했다.

'그래, 당황스럽겠지.'

마이스터는 외국계 기업이다. 당연하게도 마이스터에서 고래 고기를 유통한다면 일본 정부가 보조금을 주려고 하지 않을 거다.

그렇다면 마이스터에서 고래 고기의 일부를 일본 기업을 통해 유통한다면 어떨까? 과연 일본 정부는 그 일본 기업에 보조금을 줄까?

아니, 그건 불가능하다. 국제적인 법률 위반이 되기 때문이다. 해외에서 들여온 것도 아니고 자국 내 기업이 잡은 고래 고기를 자국에서 판매하는 건데, 그 회사가 단지 해외 기업이라는 이유로 보조금을 주지 않으면 그건 국제적으로 상당히 많은 문제가 생길 수밖에 없다.

'그렇다고 우리한테 준다고 하면 골 때리겠지.'

왜냐하면 기껏 법을 만들어서 남 좋은 일을 시키는 거니까.

물론 일본 쪽도 자신들의 기득권을 지키기 위해 총력을 다하겠지만 물량 자체가 부족하고, 그마저도 여러 곳에서 나눠서 유통해야 하는 구조상 절대로 쉽지 않을 거다.

그리고 공급량이 안정적인 곳과 공급량이 불확실한 곳 중에서 어느 쪽을 시장이 선택할지는 너무나 뻔했다.

"으음."

그 사실을 아는 건지, 직원은 곤혹스러운 얼굴이 되었다.

"그냥 저희에게 주시면……."

"아니요. 저희는 직접 유통할 겁니다."

"후회하실 겁니다."

"후회하지 않을 수도 있죠."

"후회하게 해 드리죠."

결국 그 직원은 이를 박박 갈면서 그곳을 떠났다. 그러나 그게 말뿐이라는 걸 노형진은 누구보다 잘 알고 있었다.

"이거 어떻게 되는 거죠?"

잠시 후 유통사가 찾아왔다는 소식을 들은 데이지 어원이 다급하게 찾아왔다.

"설마 넘기는 건 아니죠?"

"넘기지 않을 겁니다. 최소한 현시점에서는 말이죠."

이쪽이 고래 고기를 꽉 쥐고 있는 이상 일본 정부는 절대로 고래 고기 진흥을 위한 지원책을 실행하지 않을 거다. 남 좋은 일만 할 테니까.

"하지만……."

"네. 그렇게 쥐고 있다고 하면 뭐, 우리한테 손해인 것처럼 보이겠죠."

확실히 그렇다. 물론 노형진이 손해를 감수하면서까지 굳이 포경을 막으려고 하지는 않는다.

결정적으로 이쪽이 쥐고 있어 봤자 일본의 포경 기업들이 나가서 또 고래를 잡아 올 테니까 별 의미가 없다.

"그러니 어차피 오래는 못 가지고 있습니다."

"그러면요?"

"그러니까 가격을 올려야지요."

"네? 가격이요?"

"제가 말했죠, 장사치들이 어떻게 움직이는지?"

"아!"

정부에서 지원이 나온다고 하면 1만 원짜리를 2만 원으로 올리고, 정부 시책에 따라 지원받았다고 하면 1만 3천 원에 파는 게 바로 장사치들이다.

"지금 우리는 고래 고기의 70%를 쥐고 있죠. 그런데 만일 우리가 그걸 계속해서 틀어쥐고 있다면 어떻게 될까요?"

"고래 고기의 가격이 오르겠네요."

정부 지원 계획과 맞물려서 지속적으로 소비가 어느 정도 늘어날 테니까. 공급되는 고기가 없는데 소비가 증가한다면 가격이 오르는 게 당연하다.

"그러면 포경 기업들이 고래를 잡아 올 수도……."

"그게 문제죠. 그놈들은 자신들이 우리의 타깃이라는 걸 압니다."

"그래서요?"

"아마 포경 기업들은 자기들이 고래를 잡아 오면 미친 듯이 고래 고기를 풀 거라 예상할 겁니다. 실제로도 그럴 거고요."

"그러면……."

"네, 단가가 맞지 않게 되는 거죠."

실제로 지금도 고래 고기가 팔리지 않아 창고에 쌓아 두면서 몇 년간 정부 보조금으로 살아온 게 포경 기업들이다.

그런데 지금 고래를 잡으면 현시점에서 분식 회계와 고래 고기의 방출 문제로 인해 절대로 흑자 전환 자체가 불가능해진다.

"정부에서도 지금 정부 보조금을 줄 수 있는 상황이 아니니까요."

아무리 정부 보조금이 배정되었다 해도 분식 회계로 수사 중인 기업에 제공하는 건 불가능하다.

"즉, 당분간은 포경 기업들이 수익을 낼 수가 없다는 거죠."

'그놈들은 너무 급한 나머지 고래 고기를 싼 가격에 팔았지만 말이지.'

유통시장에서 자신들이 유통하던 독점 상품의 독점권을 넘기는 것은 아주 위험한 행동이다.

물론 때때로는 너무 다급한 나머지 그런 실수를 하기도 한다. 일례로 한국의 모 기업은 너무 다급한 나머지 자신들의 주류 사업권을 판 적이 있는데, 그 기업의 알파이자 오메가였고 유일한 수익처였던 주류 사업권이 팔리자 결국 망할 수밖에 없었다.

차라리 다른 것들을 폐업하더라도 주류 사업권을 쥐고 있었다면 기회가 있었겠지만, 그 회사는 재벌가가 되고 싶었고 그러기 위해서는 건설이 우선이라는 잘못된 생각을 하는 바람에 그대로 망하는 선택을 해 버린 것이었다.

"그러면 장기적으로는……."

"네, 맞습니다. 이제 일본의 포경 산업에서 고래를 잡는다는 것은 무조건 적자라는 뜻이죠. 그리고 슬슬 고래 고기 시장에서 국민들이 떠나기 시작할 겁니다, 후후후."

⚖️

"이거 곤란한데."

오카수산의 회장은 창밖을 보면서 떨떠름하게 중얼거렸다.

정부에서는 빨리 유통망을 만들어 내라고 압박하는데, 뭐가 있어야 유통망을 만들지 않겠는가?

정부에서 보조금을 주는 조건이 고래 고기의 유통인데 정작 그 고기가 없어서 고래 고깃값이 미친 듯이 오르고 있었다.

물론 고래 고기를 국민들이 잘 먹지 않는 건 사실이다. 하지만 그래도 최소한의 소비량이라는 것이 있었다. 하지만 마이스터에서 고래 고기를 풀지 않으니 당연하게도 고기의 가격은 올라갈 수밖에 없었다.

더군다나 노형진의 예상대로 정부의 보조금을 예상한 상인들이 미리 가격을 올린 뒤 나중에야 깎아 주는 형태로 판매 계획을 세우고 있었기에 지금 상황에서 고래 고기를 구하는 건 하늘의 별 따기에 가까웠다.

"포경 기업에 고래 고기를 구해 달라고 하면 어떨까요?"

추후 가업을 물려받을 아들의 말에 회장은 고개를 절레절레 흔들었다.

"이미 물어봤지만 힘들다고 한다……. 현시점에서는 그게 불가능하다고 하더군."

"네? 어째서요?"

"지금 분식 회계 때문에 시끄럽지 않나? 돈이 없어서 선박의 운용 자체가 불가능한 모양이야."

배를 굴린다는 것은 어마어마한 돈이 드는 일이다.

특히나 고래를 잡는 포경선은 그 안에서 고래를 해체해야 하기에 그 규모도 엄청나고 그만큼 인원도 많이 타며 동시에 기름도 많이 처먹는다.

"그런데 기름 살 돈도 없는 모양이야. 정부에서 보조금 지급을 멈췄으니까."

"끄응, 하지만 지금은 가격이 오르고 있는데……."

상인들의 눈에는 지금이 적기였다. 그랬기에 그들은 지금 고래 고기를 팔고 싶어서 환장하고 있었다.

"그래, 지금 팔아야 하는데 마이스터가 고래 고기를 쥐고 있으니까."

그들은 추후 유통을 위해서라고 말했지만 정작 그들이 쥐고 있는 고래 고기는 도무지 공급될 생각을 하지 않고 있었다.

고민하던 아들이 입을 열었다.

"일단 우리가 포경 기업들에 돈을 빌려주면 어떨까요?"

"돈을?"

"네, 그러면 그 돈으로 고래를 잡아 올 수도 있지 않겠습니까?"

"그것도 방법이기는 한데……."

아들의 말에 혹하는 오카수산의 회장. 하지만 그 계획은 제대로 완성되기도 전에 상황이 바뀌어 버렸다.

"아버님!"

"무슨 일이냐?"

해당 계획을 짜 오라고 한 지 사흘 뒤 아들이 다급하게 회장실로 들어왔기 때문이다.

"마이스터에서 고래 고기를 넘긴답니다."

"넘긴다고?"

"네."

"유통도 한다는 뜻이냐?"

"정확하게는 유통은 하지 않고 도매만 한답니다."

그 말에 오카수산의 회장은 자리에서 벌떡 일어났다.

"얼마나?"

"일단 200톤이라고 하더군요."

"적지 않은 양이군."

"무슨 꿍꿍이일까요?"

"무슨 꿍꿍이겠냐. 더 이상은 가격이 오르지 않을 거라 생각하는 거겠지."

"네?"

그 말에 아들이 의아한 얼굴로 회장을 쳐다보았다.

회장은 아직 어린 자신의 아들을 조금 갑갑한 표정으로 마주 바라보았다.

"그놈들이 왜 매점매석을 하면서 버텼겠느냐?"

"그거야……."

"마이스터는 바보가 아니야. 일본 정부가 절대로 자신들에게 보조금을 주지 않을 거라는 걸 알고 있지."

"그렇죠."

"그러면 수익을 어떻게 내겠어?"

회장의 말에 곰곰이 생각에 잠기던 아들이 입을 열었다.

"가격이 오르기를 기다리겠군요."

"그래. 어차피 지금은 고래 고기를 구할 수 없는 상황이니까."

그러니 매점매석을 통해 고래 고기를 꽉 쥐고 가격이 오르길 기다렸던 거다.

실제로 고래 고기의 가격은 과거에 비해 두 배 가까이 오른 상황. 마이스터는 지금이 고래 고기를 팔 적기라고 생각할 거다.

아들이 심각한 표정으로 물었다.

"그러면 어떻게 하죠? 사야 하나요?"

"사야지."

"좀 비싼데……."

"어차피 정부에서 지원이 나오는데 뭔 상관이야? 마이스터가 왜 소매가 아닌 도매만 하겠다고 말했겠어? 자신들이 소매해 봐야 정부로부터 보조금을 못 받을 걸 아니까 그런 거지."

"하긴, 그렇죠."

"지금이 기회다. 다들 고래 고기를 구하지 못하고 있으니까. 지금 구해서 비싸게 팔면 된다."

손해 볼 일은 없다. 어차피 일본에서 보조금이 나올 테니까.

"최대한 많이 확보해. 그래야 우리가 살아."

회장은 눈을 번뜩거리며 말했다. 하지만 그는 몰랐다, 이 모든 게 노형진의 함정이라는 걸.

⚖

"하루메사가 파산에 들어갔어요."

데이지 어원은 놀랍다는 듯 말했다.

하루메사 포경산업. 일본은 대표하는 포경 기업 중 하나였다. 그러나 결국 그들은 버티지 못하고 넘어갔다.

"당연하죠. 정부 지원은 끊겼지, 재고로 가지고 있던 고래는 똥값에 넘겼지. 남은 게 없으니까요."

더군다나 분식 회계 등으로 인해 기소까지 당한 상황에서 버틸 수는 없었을 거다.

"우리가 그렇게나 수십 년을 노력했는데……."

그린어스에서 일본의 포경을 막기 위해 수십 년이나 노력했다. 하지만 포경을 막기는커녕 도리어 아예 대놓고 상업 포경을 하는 것을 지켜봐야만 했다. 그런데 마이스터는 하루메사라는 거대 공룡을 불과 몇 달 만에 쓰러트린 거다.

"이제 남은 건 어원 씨가 어떻게 하느냐에 따라 달라질 겁니다."

"제가 하는 것에 따라 달라진다고요?"

"일본에서 지금 고래 고기 진흥을 위해 노력 중인 거 아시죠?"

"네, 그리고 가격이 미쳤더군요."

황당하게도 고래 고기의 가격은 진흥법과 별도로 그대로다. 당연하다. 그걸 예상하고 기업들이 죄다 가격을 올려놨으니까.

"지금의 가격을 유지시키는 게 최선입니다. 앞으로 5년……음, 좀 더 판매량이 줄어든다면 6년이나 7년 정도는 가능하겠군요."

"유지요?"

"지금의 가격은 애매한 가격입니다."

원가보다는 비싸지만 그렇다고 해서 싼 가격은 아니다. 분명 마이스터에서 이걸 팔아서 수익을 낼 수는 있다.

"하지만 포경 기업들이 적자를 감수하고 고래 사냥을 다시 시작하기에는 애매한 금액이거든요."

"아아~."

"원래 시장은 그럴 때 고사됩니다."

기업은 어설프게 적자가 계속될 때 고사한다. 차라리 아예 적자가 매우 크다면 깔끔하게 포기하고 물러나 버릴 텐데, 애매하게 계속되면 물러날 수도, 그렇다고 계속할 수도 없는 계륵 같은 상황이 되는 거다.

"지금 상황이 딱 그런 거죠."

고래 고기의 가격이 더 오르면 슬슬 포경을 통해 수익을 낼 수 있게 된다. 반대로 너무 떨어지면 지금 쥐고 있는 고래 고기의 값어치가 바닥을 친다.

"비록 지금은 보조금을 받아서 고래 고기를 팔아먹고 있지만 시간이 지나면 보조금이 끊어질 겁니다."

그리고 고래 고기의 가격은 바로 수직 상승할 거다.

물론 유통 회사들이 그걸 계속 보지 않고 분명 어느 정도 가격을 떨굴 것이다. 그러나 과거처럼 떨구지는 않을 거다.

인간의 욕심이라는 건 그런 거니까.

"지금 쥐고 있는 고래 고기로 가치를 조절하라는 거군요."

"맞습니다. 딱 5년. 5년만 더 버티면 됩니다."

실제로 일본의 고래 고기비축량은 대략 5년간 소비할 수 있는 양으로 추산되는 상황.

"그 시간 동안만 버티면 일본의 포경 산업은 전멸할 겁니다."

포경 기업들은 파산할 거다. 거의 대부분의 선박들은 노후화되어서 폐선 처리될 테고 말이다.

"설사 그때 가서 다시 시작하려고 해도 한계가 명확하죠."

이미 축소된 시장, 그리고 어마어마한 투자 비용은 새로운 포경 기업이 생겨날 기회 자체도 주지 않을 거다.

"물론 살아남는 놈들이 없지는 않겠습니다만."

그 규모는 뻔할 테고 아마도 일본의 수량을 간신히 맞추는 정도에서 그칠 거다. 지금처럼 정부의 보조금을 받기 위해 매년 수백 마리의 고래를 학살하다시피 할 이유는 없다.

"완전 박멸은……."

"이 세상에 완전 박멸은 없습니다."

노형진은 차갑게 말했다.

"아무리 서방에서 부정하고 싶어도 고래 고기는 일본의 주요 식재 중 하나입니다."

그게 장기적으로 부당하다고 사람들이 생각해서 먹지 않게 되면 노를까, 그걸 누군가 미개하다고 못 먹게 하면 그저 반발만 불러일으킬 뿐이었다.

"세상은 단 한순간에 바뀌지 않습니다. 그리고 그걸 바꾸고 싶다면 오랜 시간을 노력해야 할 겁니다."

데이지 어윈은 노형진의 말에 부정할 수 없다는 듯 고개를 끄덕거렸다.

"제가 어떻게든 막겠습니다. 아니, 줄이겠습니다."

"네, 그건 이제 알아서 잘하실 거라 믿습니다."

노형진은 그런 데이지 어윈을 보며 미소 지었다.

권력의 속성

    정치인들에게 있어서 생각할 건 참 많다. 하지만 정치인들
이 가장 많이 신경을 쓰고 또 가장 먼저 해결해야 하는 사항
은 바로 국민들의 먹고 마시는 것이다.

    외교나 국방 또는 행정은 국민들이 먹고 사는 문제보다 후
순위인 게 당연했고, 세상의 어떤 나라도 거기에서 벗어나지
못하는 게 현실이었다.

    그리고 그건 천조국이라고 불리는 미국이라고 해도 마찬
가지였다.

    그간 미국은 러시아-우크라이나 전쟁을 어떤 면에서는 환
영해 왔다. 이참에 러시아의 힘을 남의 손을 빌려서 뺄 수 있
다고 생각했으니까.

하지만 또 어떤 면에서는 골치가 아파서 죽을 맛이기도 했다.

"물가가 미쳐 날뛰고 있어요."

러시아의 힘이 빠지는 것과 별개로 자국민의 물가가 불안정하게 흔들리는 것은 정치하는 입장에서는 절대로 반갑지 않은 일이었다.

"다른 건 몰라도 물가는 잡아야 합니다."

"끄응."

러시아라는 가장 강력한 적 중 하나가 자침하고 있으니 환영할 만한 일이건만, 다른 한편으로는 러시아 때문에 모든 게 부족해지는 상황이 골치 아팠다.

그중에서도 특히나 머리 아픈 건 다름 아닌 식량과 가스였다.

"가스야 유럽 문제니 그렇다고 치고."

빌 웨이든은 떨떠름하게 말했다.

미국은 전 세계에서 가장 축복받은 땅이기에 자체적으로 나오는 가스나 석유로 자급자족할 수 있었지만 유럽은 그럴 수가 없기에 러시아에서 구입하는 형편이었다.

"식량이 문제입니다."

미 정부의 재경부의 장관은 심각한 얼굴로 말했다.

우크라이나는 전 세계에서 가장 많은 밀을 수출하는 국가 중 하나다. 그리고 러시아는 그런 우크라이나를 틀어막아 아예 밀과 식량의 수출을 막고 있었다.

그 때문에 모든 것에 대한 물가가 오르고 있었고 그 때문에 미국 중심의 규칙도 흔들리고 있었다.

"마이스터만 아니었다면……."

분위기가 워낙 좋지 않자 화를 내듯 중얼거리는 국방부 장관의 말. 그러나 그 말에 재경부 장관이 어이가 없다는 듯 한소리 했다.

"마이스터 덕분에 그나마 파탄이 나지 않은 겁니다."

"아니, 그 새끼들이 사우디아라비아와 우리 사이를 틀어 버린 걸 잊으신 겁니까?"

"마이스터에서 아프리카 식량 자급률이라도 높여 놨으니까 전 세계적인 기근이 오지 않은 겁니다. 만일 그러지 않았다면 아프리카 국가들이 수십 개는 넘어갔을 겁니다. 그리고 엄밀하게 말하면 마이스터가 사우디와의 관계를 틀어 버린 게 아니죠. 사우디에서 마이스터 쪽 용병을 사용하는 것뿐이지. 경제 쪽이라면 모를까, 국방부에서 불만을 가질 영역은 아니잖습니까?"

"아니, 한국 놈들은 러시아랑 거래하잖아요!"

"한국은 한국이고 마이스터는 마이스터입니다. 구분 좀 하세요. 그리고 한국에서 노동력 보충이라는 핑계로 빼돌린 청년들이 얼마나 많은지 모릅니까? 30만에서 40만 명이랍니다, 30만에서 40만 명. 그것도 징집 대상에서요. 러시아 청년들이 한국에 일하러 간다는 핑계로 이탈하지 않았다면? 지금쯤 어디에 있을 것 같습니까? 총 들고 우크라이나로 달려가고 있겠죠. 우크라이나가 죽인 숫자가 30만 명이 안되는 거 모릅니까?"

"그거야 그렇긴 한데……."

"그리고 마이스터에서 우크라이나에 보낸 엄청난 양의 식량 지원은 어쩌고요? 젖소 보내, 식량 보내."

"하지만 포탄이라도……."

"포탄보다 사람을 빼돌린 게 우선이라니까요. 생각해 보세요. 포탄 그거 몇만 발로 30만 명 죽였겠습니까? 그리고 지금 러시아 전선 상황 몰라요? 평균 나이가 40대랍디다."

역사와 달라진 것 중 하나가 바로 러시아군의 평균 나이였다. 원래 역사에서 징집되어서 소위 대포밥으로 갈려 나갔어야 하는 청년층이 한국에서 일한다는 핑계로 대량으로 탈출했다.

당연히 러시아에서는 그 자리를 노년층과 장년층을 통해 메꿔야 했는데, 그 바람에 원래 역사보다 훨씬 더 잦은 징집을 해야 했다.

"그래서 체르덴코가 머리가 터질 것 같다고 한다던데."

"그건 우리도 마찬가지지."

조용히 대화를 듣고 있던 미 대통령인 빌 웨이든이 한숨을 쉬며 말했다.

"한국과 마이스터가 철저하게 중립을 지키면서 상황을 통제해서 고맙기는 한데 말이지, 현시점에서 우리도 상황이 좋지 않다는 건 다들 알 텐데요. 우리가 지금 마이스터의 잘잘 못을 따지자고 모인 건 아니지 않습니까?"

"끄응, 그건 그렇습니다."

"우리의 문제를 해결하자고요, 우리의 문제를."

미국에도 수많은 문제가 산적해 있다. 그리고 빌 웨이든 입장에서는 속절없이 떨어지는 자신의 지지율에 똥줄이 바짝바짝 타는 느낌이었다.

"이대로라면 다시 공화당에서 권력을 잡을 거예요. 그러면 어떻게 될 것 같습니까?"

"……."

"전 세계에서 세계대전이 터지는 꼴을 보고 싶어서 그래요?"

"죄송합니다, 각하."

"다른 건 모르겠는데 지금은 일단 우리 일에 집중합시다."

빌 웨이든은 각 장관들을 타박하면서 혀를 끌끌 찼다.

"현시점에서 가장 중요한 건 식량과 에너지입니다."

식량은 우크라이나에서 나오지 않으니까 자연스럽게 오를 수밖에 없다. 특히 가난한 나라들에서 국가 전복 수준으로 위험하게 올라가고 있다. 일부 국가들은 빵값이 거의 열 배 넘게 오르기도 했다.

미국이나 유럽 등 선진국은 식비가 생활비에서 차지하는 부담이 작기에 그나마 버티지만, 가난한 나라들은 그런 상황에서는 아주 높은 확률로 국가 전복 요구가 터져 나오기에 곤란한 문제였다.

"이 틈을 이용해서 중국에서 국가 전복 시도가 계속되고 있어요. 지금 아프리카 쿠데타 라인을 몰라서 그래요?"

아프리카 쿠데타 라인이란 아프리카 중앙부 국가들이 죄다 쿠데타를 일으켜서 생긴 표현이었다. 한 나라도 아니고 많은 나라들이 죄다 쿠데타를 일으켜서 국가를 전복했다.

그리고 그 뒤에 중국이 있다는 것은 알 만한 사람은 다 알고 있었다.

"구소련 놈들한테 그렇게 당하지 않았습니까? 그 쿠데타가 남미나 유럽까지 퍼지길 바라요?"

"아닙니다."

"식량 문제는 우리만의 문제가 아닙니다. 전 세계적으로 패권을 유지하기 위해서는 이게 필수예요."

"……."

"그리고 에너지 문제는 어쩔 겁니까? 사우디에서 아예 대놓고 우리를 엿 먹이는데."

한때 친미 국가 중 한 곳이었던 사우디아라비아는 이제 친미를 벗어나서 친중 친러 노선을 타고 있다.

물론 아무리 그들이라고 해도 아예 반미 국가 노선으로 바꿀 수는 없다. 그랬다가는 진심으로 나라가 위험해질 수 있기 때문이다.

하지만 중립이라는 미명하에 사실상 반미를 외치는 사우

디아라비아는 골치 아픈 상대였다.

"그래도 중립이지 않습니까?"

"중립도 중립 나름이죠. 사우디는 반미성 중립 아닙니까?"

한국은 친미 성향의 중립이다. 즉, 시키는 대로 하지는 않지만 최소한 미국의 얼굴에 똥칠을 하려고는 하지 않는다.

하지만 사우디아라비아는 반미 성향의 중립이다. 그래서 미국의 얼굴에 똥칠하는 걸 주저하지 않는다.

"그게 얼마나 위험한지 아실 텐데요?"

"끄응."

한 나라가 반기를 들었을 때 그에 대한 대응을 제대로 못하면 소위 말하는 호구 잡히는 상황이 된다. 그리고 그게 소문나면 점점 더 많은 나라들이 미국의 품 안에서 떠나간다.

"지금 러시아는 그렇다고 치고 중국이 문제 아닙니까?"

중국이 어떻게든 전 세계에 영향력을 늘리려고 노력 중이고 실제로 그게 어느 정도 효과를 보고 있다. 설사 그게 가난한 일부 국가들이라고 해도 말이다.

심지어 유럽 중 일부도 중국에 기대면서 점점 미국의 파워가 줄어들고 있었다.

"이대로는 우리 모두가 망할 수도 있다는 걸 모르시는 겁니까?"

"하지만……."

"하지만, 이 아니에요. 지금 러시아-우크라이나 전쟁에서 러시아가 몰락한다고 안도할 때가 아니란 말입니다!"

그나마 러시아와 중국이 손잡고 미국을 압박하던 시절에 비하면 충분히 나아진 상황이지만, 그렇다고 해서 중국의 압박 또한 약해진 건 아니었다. 도리어 중국이 사실상 러시아 시장을 잡아먹으면서 성장하고 있어서 머리가 아파서 죽을 지경이었다.

"우리가 단순히 우크라이나에 무기를 지원해 주는 것만으로는 부족합니다. 뭔가 새로운 변수를 만들어야 합니다."

"하지만 그게 어떤 게 있을는지……."

그 말에 다들 아무런 말도 하지 못했다.

'하아…….'

그 모습을 보며 빌 웨이든은 한숨만 나왔다.

하기야 이해는 된다. 이 주제로 회의한 게 이번이 처음도 아니다. 당연하게도 그 상황을 해결할 수 있는 다른 방법이 있다면 나와도 벌써 나왔을 거다.

"대통령 각하, 차라리 다른 곳에서 확인하는 게 어떻겠습니까?"

그때 조용히 듣고 있던 CIA국장이 조용히 말을 꺼냈다.

"이미 자문 위원들에게 다 물어본 거 아닙니까?"

소위 전문가라고 불리는 사람들은 사람들마다 죄다 불러서 이야기해 봤지만 결국 답을 찾지 못했다.

그런데 그 말을 꺼낸 국장은 의견이 좀 달랐다.

"전문가에게 물어봐서 그런 게 아닐까 싶습니다만."

"전문가에게 물어봐서 그렇다고요?"

빌 웨이든은 국장의 말에 어이없다는 듯 그를 바라보았다. 하지만 이어지는 말에 더는 그의 말을 무시할 수가 없어졌다.

"전문가라는 건 하나의 영역을 아주 잘 아는 사람입니다."

"그렇습니다만?"

"그런데 그런 경우, 복합적인 문제에 대해 통찰력이 떨어질 가능성이 높습니다. 각하도 아시지 않습니까? 정치인은 정치인이고, 경제인은 경제인입니다."

"음……."

"한쪽을 잘한다고 모든 걸 다 잘하는 건 아닙니다. 전임 대통령이 왜 국제 외교를 망쳤는지 아시지 않습니까?"

"후우~ 하긴, 그렇죠."

전임 대통령인 도널드 올드먼은 경제인의 시선에서 기업을 운영했다. 그래서 해외에는 무조건 돈을 쓰지 않으려 했는데, 그 바람에 미국의 국제적 파워가 박살 나다시피 했다.

만일 도널드 올드먼이 중국을 제대로 견제했다면 지금 중국으로 인해 이 꼴은 되지 않았을 거다. 하지만 도널드 올드먼은 중국을 견제한다고 입만 털었지 사실상 방치하다시피 했고, 그 결과 성장한 중국에 다른 나라들이 달라붙으면서 이 꼴이 나고 말았다.

"그러니까 종합적으로 잘 보는 사람을 불러야지요."

"누구를요?"

"마이스터 말입니다."

그 말에 다들 얼굴이 굳어졌다. 그도 그럴 게 마이스터가
미국에 입힌 피해가 있기 때문이다.

정확하게는 기업 입장에서는 중립적이었으나 마이스터의
대리인인 노형진이 미국에 피해를 입힌 것이지만 말이다.

"미친 겁니까?"

"미친 게 아닙니다. 중립적인 입장에서 마이스터, 아니 노
형진의 상황 판단 능력은 어마어마합니다."

"하지만……."

"대통령 각하, 아프가니스탄의 상황을 생각해 보십시오."

"그……."

"우리는 거기에서 이탈하려고 했습니다."

말이 이탈이지, 사실상 그냥 도망 나오려고 했었다. 왜냐,
그만큼 답이 없어 보였으니까.

아무리 노력해도 아프가니스탄에서 승리는커녕 현상 유지
조차도 불가능했었다. 그랬기에 다 포기하고 그곳에서 벗어
나려고 계획을 세우기까지 했다.

"최후의 순간에 국방부에서 기대하며 부탁했지요."

그리고 노형진은 아프가니스탄을 평정했다.

물론 지배한 건 아니다. 하지만 최소한 빼돌리던 정치인들
을 축출하고, 마약을 박멸했으며, 그곳에서 계속 문제가 되

던 탈레반 반군을 사실상 와해시켰다.

그리고 미국의 핑계인 민주주의의 도입에 성공한 것은 아니었지만 그렇다고 아예 실패한 것도 아니었다. 민주주의를 도입하기는 했으니까.

다만 지역 토호의 당선이 확정적이라는 것이 다를 뿐이었다.

그럴 수밖에 없는 게, 투표해 봐야 선거에서 나올 만한 사람들이 그들뿐이니까.

좋게 말하면 풀뿌리민주주의, 나쁘게 말하면 지방별의 귀족주의.

하지만 확실히 아프가니스탄은 어느 정도 평화를 되찾았고, 여전히 탈레반은 존재하지만 과거처럼 감춰 주지 않고 그들이 나타나는 즉시 미국에 보호를 요청한다.

심지어 최근에는 단순 감시 드론을 넘어서 최소한의 공격이 가능한 드론을 배치함으로써 탈레반이 공격해 오면 최소한의 방어는 하는 방향으로 바뀌고 있었다.

"그때 우리는 전통적인 민주주의 도입에 집착했습니다."

"음……."

"하지만 우리가 틀렸죠. 현실적으로 민주주의 도입에 성공한 나라는 단 한 곳, 한국뿐이니까요."

"후우~ 그건 그렇소."

일본? 말이 민주주의지 그냥 선거형 왕정 체제에 가깝다.

대만? 물론 민주주의국가지만 미국이 도입했다기보다는

중국에서 도망쳐 나온 것에 가깝다.

베트남? 거기는 아예 패배해서 도망쳐 나왔다.

"애초에 사우디아라비아와의 사이가 틀어진 이유가 뭡니까? 인권 문제 때문 아니었습니까?"

"……."

사우디아라비아와 사이가 틀어진 이유.

그건 미 정부가 사우디아라비아에서 부정적인 보도를 한 기자에 대해 인권 탄압을 한다면서 왕자를 압박했기 때문이다.

사실 진짜로 고작 한 명을 위해 왕자를 압박한 게 아니었다. 전 세계에 인권 탄압당하는 국가가 한둘도 아닌데 그걸 다 문제 삼지는 않으니까.

더군다나 사우디아라비아는 그게 수십 년간 이루어졌으니 더더욱 상관없었다.

그럼에도 그런 말을 한 이유는 간단하다. 정치적으로 왕자를 압박하기 위해서였다.

하지만 현지 상황을 제대로 파악하지 못해서 도리어 사이는 사이대로 틀어졌고, 왕자는 권력을 쥐고 그대로 미국을 압박하고 있었다.

"아무리 그래도……."

왠지 떨떠름한 표정으로 변하는 빌 웨이든.

하기야, 노형진에게 당한 게 있으니 좋은 기분이 들 수는 없을 거다. 하지만 국장의 말에는 틀린 게 없었다.

"대통령 각하께서 어떤 기분이신지는 압니다. 하지만 그간 미국의 정책 실패의 기본 바탕을 보면 언제나 결과는 하나뿐이었습니다."

"뭐였습니까?"

"상대방의 몰이해입니다."

"몰이해?"

"우리가 우크라니아의 부패에 대해 예민하게 반응하는 이유가 뭡니까? 베트남에서, 그리고 다른 나라에서도 그렇게 졌기 때문이 아닙니까?"

실제로 외부적으로 알려지지 않았을 뿐 우크라이나에서 숙청은 엄청나게 이루어졌다. 그저 서방 언론 입장에서는 자신들이 지원하는 우크라이나가 부패했다는 사실이 알려지면 지원의 정당성이 없어지기에 조용히 있었을 뿐이지, 우크라이나도 절대로 깨끗하고 투명한 나라가 아니었기에 이길 수 있는 전쟁을 부패로 패배한 경험이 많은 미국은 우크라이나의 부패한 정치인들과 공무원들에 대한 무자비한 수준의 숙청을 요구해서 엄청난 수의 정치인들과 공무원들의 모가지가 날아갔다.

"끄응."

"심지어 우리가 유일하게 성공한 사례인 한국에서조차도 우리는 그들을 이해하는 데 실패해서 엄청난 군사원조가 빼돌려졌고, 그로 인해 수십만 명이 굶어 죽는 사태가 일어났습니다."

"뭐라고요? 한국에서 그런 일이 있었다고요?"

"네, 그 당시에 징집된 병사들이 굶어 죽어 가다가 분노로 아예 북으로 전향해서 총부리를 우리에게 들이밀 정도였습니다."

미국은 다른 나라보다 우월하다는 생각을 기반으로 행동한다. 그런데 그런 행동 때문에 상대방을 이해하려는 노력을 하지 않았다.

"상대방에 대해 제대로 이해하기만 하면 약점을 공략하는 건 일도 아닙니다. 예를 들어 노형진 그 사람이 일본의 일왕을 이용했던 걸 생각해 보십시오. 실권은커녕 아무것도 없는 사람 아닙니까?"

그랬기에 미국의 정책 결정에서 일왕이라는 존재는 아예 존재감이 없었다. 판단의 요소에 대해 아무런 영향이 없으니까.

"하지만 일본의 일왕교라는 종교에서 일왕이 사용 가능한 파문이라는 카드는 생각지도 못한 것이었습니다."

물론 일본은 종교의자유가 있는 나라이기에 모든 국민들이 일왕교를 믿지는 않는다. 하지만 일왕은 정신적 지주인 것은 사실이며, 그렇기에 일왕은 종교인으로서보다는 전통적인 가치관으로써 중심에 있었다.

"거기다가 저희는 그 파문이라는 것의 파급력이 일본 특유의 이지메 문화 덕분에 더 강해졌다고 보고 있습니다."

이것이 법이다

"이지메 문화요?"

"네, 일본에는 누구 한 명을 공격함으로써 집단의 결속력을 다지는 이지메 문화라는 집단 공격 문화가 있습니다."

그런데 그 공격 대상을 정하는 것은 과연 누굴까?

당연하게도 그 집단에서 가장 강력한 권력을 가진 사람이다.

"이 이지메 문화는 일본에서 빠질 수 없는 겁니다."

심지어 선생님이 자기 반 중 한 명을 특정하기도 하고 학교에서는 교장이 자기 학교 학생 중 한 명을 은근히 특정하기도 한다.

"그리고 이 파문이라는 건 그 궁극적인 형태라고 볼 수 있습니다."

"파문당하면 사회적 공격 대상으로 찍힌다는 겁니까?"

"그렇습니다."

물론 아무나 파문할 수도 없고 또 아예 종교가 다르면 파문해 봐야 의미가 없다. 기독교를 믿는 사람에게 일왕이 파문해 봐야 무슨 의미가 있겠는가?

"하지만 대신에 그 집단에서 철저하게 버려집니다. 그건 정치인들에게 가장 두려운 일입니다."

"허? 그런 일이 있었습니까?"

"네, 일왕도 그 무게를 알기에 거의 쓰지는 않았습니다만……."

딱 한 번 현직 국회의원에게 그 카드를 내민 적이 있었다.

그 국회의원도 막대한 횡령을 하고 심지어 자식도 범죄자이기까지 했던 국회의원이었다. 그런데도 그는 당당하게 다시 선거에 나왔다.

　"일본은 국회의원 자리가 거의 세습입니다."

　그가 뭔 짓을 하든 국민들은 관심이 없기에 그에게 다시 자리를 주는 게 일반적이다.

　"그런데 일왕이 그걸 보다못해 파문을 결정했지요."

　물론 단순히 범죄 때문에 파문 결정이 나온 건 아니었다.

　그 범죄자로서의 인성이 어디 가는 게 아니어서 대놓고 일왕제를 부정하고 과거 쿠데타 시절에 일왕이 바뀌어야 했다고 말하고 다녔기 때문이다.

　"결과적으로 압도적인 표차로 날아갔습니다."

　압도적으로 국회의원이 될 수 있었던 인간이 파문이라는 결정이 나자 권력이 날아갔다. 그리고 권력이 날아가자 그가 감추던 모든 범죄가 드러나 본인도, 그리고 자식도 감옥에 끌려갔다.

　"성공하게는 못 하지만 실패하게는 할 수 있다, 이겁니까?"

　"네, 맞습니다."

　그 사건을 기점으로 과거에는 아예 존재 자체도 신경 쓰지 않으면 그만인 일왕이 미국 입장에서는 장기적으로는 '혹시나'라고 생각할 정도의 대상으로 변했다.

　자신들이 관리하는 의원들이 파문당해 버리면 헛고생하는

셈이니까.

"아이러니하게도 아무런 권력도 없기에 파문의 영향력이 커졌다고 봐야겠더군요."

헌법적으로 아무런 권한도 없는 일왕이지만 그렇기에 그 파문이 투명하고 납득되는 거다. 선을 넘어도 아주 심하게 넘었다는 뜻이니까.

유일한 무기이기에 일왕은 그만큼 그걸 아주 조심해서 쓰고 있었다.

"흠……."

"전체적인 문화나 상황 그리고 분위기를 보고 그 상황에 맞는 계획을 만들어 내는 건 천부적인 영역의 문제입니다."

단순히 전문가라는 영역에서는 안되는 영역이다. 전문가는 자신들의 영역 안에 있는 것에 대해서는 잘 알지만 그 밖에 있는 것에 대해서는 모르니까.

"그리고 전문가들은 자신의 지식에 가중치를 주고 우기지 않습니까?"

국장의 말에 빌 웨이든은 자신도 모르고 고개를 끄덕거렸다.

"확실히 그렇죠."

회의하다 보면 다들 자기 말이 맞다고 우기는데 그 근거는 자신이 아는 지식이다.

"전문가와 정보의 해석은 전혀 다릅니다, 각하."

CIA국장의 말에 빌 웨이든은 한참을 고민했다. 그러더니

떨떠름하게 말했다.

"좋습니다. 한번 이야기해 보도록 하지요. 그런데 우리가 부른다고 오겠습니까? 우리를 좋게 보지 않는 모양인데."

"아니죠. 그들은 철저하게 중립입니다. 하지만 동시에 미국의 기업인이기도 하죠. 그렇기에 올 수밖에 없습니다. 그리고 능력이 있다면 포섭하는 게 우리의 규칙 아닙니까?"

"하긴."

능력이 있다면 어떻게든 데려와야 한다. 그게 미국의 방식이다. 그랬기에 마음에 들지 않으면 일단 죽이고 보는 다른 나라들보다 다 빨리 성장할 수 있지 않았던가?

"바로 연락해 보겠습니다."

"그런데 적당한 방법이 있을지는 모르겠어요."

그럼에도 불구하고 빌 웨이든은 그렇게 부정적으로 중얼거릴 수밖에 없었다.

⚖

'귀찮지만 어쩔 수 없지.'

아무리 빌 웨이든이 보자고 한다고 해도 사실 거절하려면 거절할 수 있기는 했다. 미 대통령이 어마어마한 권력을 가진 것도 사실이지만 충분한 견제 장치가 있고 그걸 움직일 힘이 노형진에게는 있으니까.

'하지만 CIA의 말이 틀린 것도 아니란 말이지.'

기본적으로 마이스터의 근원지는 미국이다. 그런데 최근 미국과의 대립이 계속되었기에 삐걱거리는 것도 사실이었다. 그러니 적당히 풀어 줘야 하는 시점이기도 했다.

'그런 상황에서 거절은 좀 무리야.'

노형진은 창밖으로 흐르는 모습들을 보면서 속으로 중얼거렸다. 심지어 독대라는데 그걸 거절하면 빌 웨이든에게 싸우자는 소리밖에 안 된다.

'뭐, 대충 이야기는 들었지만.'

실제로 원래 역사에서 빌 웨이든은 아주 머리가 아파서 죽으려고 하던 게 바로 이런 사태였다.

"도착했습니다."

노형진이 이런저런 생각을 하는 사이, 차량은 백악관에 도착했다. 노형진은 차량에서 내렸다.

입구에는 CIA국장이 서 있었다. 그는 노형진과 손을 맞잡으며 반갑게 말했다.

"각하께서 기다리고 계십니다."

노형진은 그를 따라 간단한 몸수색 후에 사무실 안으로 들어갔다.

"미스터 노, 이렇게 만나는 건 처음이지요?"

"안녕하십니까. 노형진이라고 합니다."

"미스터 노라고 불러 드릴까요? 아니면 마이스터라고 불러 드릴까요?"

옷으면서 그렇게 말하는 빌 웨이든은 나름 훅 찌르려는 의도인 듯했지만 노형진은 딱히 놀랍지 않았다.

'CIA국장이 보고하지 않았을 리가 없지.'

다만 그 사실을 외부에 공개하는 것은 다른 문제일 거다. 그걸 공개하면 미국에 경제 시스템에 악영향을 줄 수 있는 게 바로 노형진이니까.

"미스터 노라고 불러 주십시오."

"앉아요, 미스터 노."

빌 웨이든은 자리를 권하고 마주 앉으며 옷었다.

"우리가 그간 사이가 좀 안 좋았지요?"

"상황이라는 게 있으니까요."

"차라리 우리 미국으로 와 주면 편하지 않겠습니까?"

"제 부모님이 아마 저를 죽이려고 하실 겁니다."

"아쉽군요, 하하하."

분위기를 풀기 위한 여러 가지 대화를 주고받던 노형진과 빌 웨이든이지만, 어느 정도 시간이 지나자 드디어 본격적인 이야기를 시작했다.

"CIA국장이 그러더군요, 폭 넓게 보고 상황 판단을 가장 잘하는 사람이 미스터 노라고."

"과찬이십니다."

"과찬은 아닌 것 같더군요. 그간 기록을 보니 실적도, 판단력도 어마어마하던데."

그렇게 말하던 빌 웨이든은 돌연 질문을 던졌다.

"그래서, 당신의 눈에 비치는 지금의 미국은 어떻습니까?"

"거대 강국이고 정의로운 국가지요."

"정치적 수사는 빼고 말해 줬으면 좋겠군요. 그걸 듣고 싶었다면 이렇게 부르지는 않았을 테니."

노형진은 고개를 끄덕거렸다. 사실 그도 알고 있었다. 그랬기에 주저하지도 않았다.

"자기 힘을 어떻게 써야 할지도 모르는 덩치 큰 아기입니다."

"아기?"

"네."

"우리가 말입니까?"

"네."

"이해가 가지 않는군요. 우리가 가진 힘이 빠지고 있다고는 들었지만, 힘만 좋은 아기라니."

"네, 미국의 군사력은 세계 제일입니다. 그건 부정 못 하죠. 그런데 미국의 힘이 군사력만은 아니죠. 경제력도 못지않잖습니까?"

"그건 그렇습니다만."

"물론 무지막지한 마이너스가 경제를 좀먹고 있지만서도요."

"으음……."

미국의 마이너스는 천문학적이다. 매년 미국에서 예산을

결정할 때 가장 핵심은 얼마를 쓰느냐가 아니라 마이너스 한도를 얼마나 늘리느냐가 된다.

미국이 자신이 통화국이라는 사실에 집착하는 이유도 바로 그거다. 만일 주요 통화국이 아니게 되면 그 어마어마한 마이너스에 깔려서 당장 부도가 날 테니까.

"미국의 현실을 대놓고 말하면 미래의 성장 동력을 지금 다 팔아먹으면서 버티는 상태라는 겁니다."

"후우~."

"미국이 왜 아이냐고요? 힘이 있는데 그걸 어디다 투자할지 모르고 그냥 사방팔방 뛰는 데에만 쓰고 있는 것처럼 보이기 때문입니다."

노형진의 말에 빌 웨이든은 눈을 찡그렸다. 그러고는 한소리를 했다.

"우리라고 일부러 빚을 줄이지 않는 게 아닙니다만?"

"알고 있습니다. 솔직히 말해서 그 빚의 절반은 세계의 빚이죠."

세계가 돈을 빌려 갔다는 뜻이 아니다. 사정이 어찌 되었건 현시점에서 세계의 경찰 노릇을 하는 게 바로 미국이기에 그 힘을 유지하기 위해 자금이 들어가기 때문이다.

당장 러시아-우크라이나 전쟁에서 미국 정부가 우크라이나에 밀어주는 엄청난 양의 무기와 지원은 미 정부가 벌어서 주는 게 아니라 다 빚이다.

물론 우크라이나도 일단 빌려 쓰는 거지만 가난한 나라인 우크라이나가 그걸 갚는 데 얼마나 걸릴지는 아무도 모른다.

당장 영국마저도 2차대전 당시의 랜드 리스의 최종 변제를 한 시점이 2006년이다. 그 강대국 영국도 그 지경인데 하물며 우크라이나는 진짜 답이 안 보이는데도 돈을 쏟아붓고 있는 거다.

미국이 기본 학습 시스템이 개판인 건 딱히 비밀도 아니다. 사실상 미국의 공교육은 붕괴 직전이라는 게 일반적인 평가다. 그렇다면 원인이 뭘까?

미국이 학교에 가치에 대해 몰라서?

아니면 미래를 갉아먹고 싶어서?

그럴 리가 없다. 돈이 없는 거다.

부실을 넘어서 거의 참혹하다 싶다는 수준의 급식도 제대로 통제되지 않는 학생들도 결국은 돈이 없으니까 그런 거다.

그리고 중국은 그 약점을 노리고 미친 듯이 마약을 뿌린 거고 말이다.

노형진이 마약의 반송 제도를 만들어 내자 그나마 덜해졌지만 여전히 마약은 미국에서 가장 심각한 문제 중 하나였다.

"그렇다고 미국의 군수산업에 대한 투자를 줄일 수는 없겠죠."

"으음……."

돈 들어갈 곳은 많지만 그중에서도 제일 많이 들어가는 게 바로 군수일 거다.

가장 강력한 힘 그리고 가장 강력한 억제 수단은 무력이다. 그리고 아이러니하게도 지금이 그게 가장 잘 드러나는 상황이었다.

왜냐하면 러시아가 우크라이나에서 졸전을 하고 있으니까.

세계 2위의 군사 강국. 그게 러시아의 기존의 이미지였다.

하지만 전쟁이 터지자 진실이 드러났고 세계 2위는 러시아보다는 중국이라는 이미지가 생겨 버렸다.

그도 그럴 게 러시아라는 곳에 얼마나 큰 거품이 끼었는지 밝혀졌기 때문이다.

물론 '중국도 러시아와 별반 다를 거 없다.'라는 의견도 없지는 않다.

공산권 특유의 강한 척하는 부분도 분명히 있는 데다가 현실적으로 중국의 절대다수의 무기들이 러시아 무기들의 다운그레이드형이라는 것은 비밀도 아니니까.

물론 최신 무기들의 숫자가 나날이 늘어나고 있고 그중 일부는 러시아제보다 낫다고 이야기하지만 제대로 조사해 보지 않았으니 누구도 진실을 모른다.

"솔직히 러시아-우크라이나 전쟁에서 가장 찔끔한 곳 중 한 곳이 국방부 아닙니까?"

"크흠."

그 말에 빌 웨이든은 헛기침했다. 왜냐하면 그게 사실이니까.

그간 미국 국방부는 러시아가 위험하다면서 더 많은 무기와 더 많은 예산을 요구해 왔다.

하지만 전쟁이 터지자 전면전도 아니고 미국에서 지원하는 것만으로도 러시아는 갈려 나갔고, 내부 상황이 얼마나 달라졌는지는 모르지만 러시아의 전차와 무기 그리고 병사가 너무 많이 갈려 나가서 실질적으로 중국이 2위, 러시아가 3위라는 말도 슬슬 나올 정도였다.

"최근 반중국 정서에 그 영향이 없다고는 무시 못 하고요. 안 그렇습니까?"

"알고 있었습니까?"

"네, 물론 중국이 선을 넘은 것도 사실이지만요."

미국이 반중국 정서에는 여러 가지 이유가 있다.

단순히 중국이 성장해서?

아니다. 중국의 성장, 러시아라는 적의 도태, 그리고 집결을 위한 외부의 적의 필요성, 중국에서의 과도한 도발 등등 많은 것이 충돌해서 결국 반중국 정서가 조성되기에 이른 거다.

"정치를 좀 아는 사람이라면 다 알 겁니다."

"부정은 하지 않겠습니다. 그리고 지금 상황에서 우리는 돌파구가 필요합니다."

중국을 적으로 해서 버티고 있다. 정확하게는 반중국 정서라는 걸로 가면을 쓰고 있지, 미국이 마냥 상황이 좋은 것은 아니었다.

중국보다 낫다는 말로 자기 안위를 챙기고 있지만 노형진이 지적한 것처럼 중국보다 낫다는 걸로 버티기에는 미국의 상황이 녹록치 않다.

지는 태양은 아니겠지만 천천히 꺼져 가는 태양은 맞다.

"그걸 맨입으로 달라고 하시는 겁니까?"

노형진은 빌 웨이든의 말에 싱글벙글 웃으며 말했다.

"후우."

그 말에 빌 웨이든은 긴 한숨을 내쉬었다.

하긴, 당연한 거다. 노형진이 누군가? 자본주의 첨병인 마이스터의 주인이다. 그런 그가 공짜로 뭔가를 해 줄 리가 없다.

더군다나 그는 전 세계적으로 보면 친미 성향이 좀 있기는 하지만 극단적 중립에 속한다. 그런데 우호에 관해 단순히 이걸 이야기할 리가 없다.

"뭘 원합니까? 돈을 원합니까?"

"저 돈 많습니다. 주신다고 해도 몇백억 달러를 주실 건 아니잖습니까? 지금 이것도 비공식 만남으로 알고 있는데요."

"그렇죠."

그렇다면 줄 수 있는 돈은 수백만 달러 정도.

물론 그것도 절대 적은 돈은 아니지만 노형진의 재산을 감안하면 딱히 의미 없는 액수다.

그렇다면 노형진은 대체 무엇을 원하는가. 빌 웨이든이 고민하는 그때, 노형진이 입을 열었다.

"미국 내 사업 우선권을 주십시오."

"미국 내 사업 우선권?"

"제가 조언해 드리면 고칠 게 많습니다. 그러면 어떤 일이 벌어지겠습니까?"

"기업들이 달려들겠군요."

당연하게도 그러한 기업들은 자기 이익이 우선이니 미국의 수익보다는 자기들을 위주로 요구할 거다.

"그리고 아레스 밀리터리 그룹이 미군과 함께 일할 수 있게 해 주시고요."

"그건 이미 하고 있는 걸로 알고 있습니다만."

"아, 물론 노른자위는 싹 다 빼먹고 있죠."

유럽이나 미국 내부는 모조리 미국 내 기업이 다 처먹고 있다. 아레스 밀리터리 그룹의 방향은 한국과 아프리카 그리고 아프가니스탄 정도. 아주 큰돈이 되는 곳은 아니다.

"그건 좀……."

"이건 미 정부를 위해 하는 말이기도 합니다."

"우리를 위해서요?"

"군사 기업들은 담합을 하지 않는다고 생각하십니까?"

"……."

당연히 있다. 그리고 노형진은 그걸 노리는 거다.

"물론 우리를 무조건 써 달라는 건 아닙니다."

"그러면 수익이 나지 않을 텐데요?"

"대신에 미국은 기준이라는 걸 알 수 있죠."

"기준?"

"민간 군사 기업을 고용할 때 말입니다, 원가계산을 누가 합니까?"

당연히 기업이 한다. 그리고 그들은 당연히 호되게 비싸게 부를 거다.

"우리가 다른 이유로 떨어진다고 해도 말입니다, 최소한 원가 계산의 기준은 공개해 드릴 수 있습니다."

"아!"

예를 들어 동일한 사업에 아레스 밀리터리 그룹은 1억 달러를 써서 냈는데 다른 곳은 3억 달러를 써서 냈다?

그 말인즉슨 아레스 밀리터리 그룹이 보기에 이건 1억 달러라고 해도 수익이 나는 거라는 뜻이다. 그런데 다른 곳들이 3억 달러를 제시했으니 그들이 담합했다는 소리밖에 되지 않는다.

"그러면 아레스를 고용해야 하는 거 아닙니까?"

CIA국장은 고개를 갸웃했다. 아레스가 제시한 가격이 제일 싸다면 그들을 고용하는 게 당연한 거니까.

하지만 노형진은 고개를 흔들었다.

"그럴 수 없습니다. 현시적으로 미국 정부도 압박이 심할 뿐더러 로비받은 상원과 하원의 의원들이 그걸 인정하겠습니까?"

"네?"

"멀리 갈 필요도 없죠. 얼마 전에 해군에서 훈련기 사업이 하나 끝났죠?"

"그랬습니다만?"

"그거 말입니다, 한국도 도전했다가 고배를 마셨죠. 그런데 사실 그 사업에 참여한 훈련기, 성능도 가격도 한국이 더 뛰어났습니다."

애초에 훈련기라는 건 적당한 수준이면 된다. 너무 비싸고 정밀함 훈련기는 도리어 부담스러우니까.

그랬기에 조종사를 훈련시킬 때는 일단 훈련기를 통해 초음속 또는 아음속에 익숙하게 하고 대응법이나 기본 전술을 익히게 한 다음에 정해진 기종에 맞게 기종 변환 훈련을 하는 게 일반적이다.

그런데 한국은 미 해군의 훈련기 사업을 노리고 FA-50을 내밀었지만 떨어졌다. 그리고 그 대신에 그 자리를 차지한 것은 다름 아닌 미국 기업이었다.

"무기를 고른다는 행위는 말입니다, 상당히 정치적인 행위입니다."

그랬기에 때때로 누가 봐도 이쪽으로 고르는 게 맞는데 저쪽을 고르는 경우도 있는 거다.

"음……."

"그런데 저희가 싼 가격에 입찰하면 어떻게 될 것 같습니까?"

"기브 앤드 테이크라는 겁니까?"

"맞습니다."

이쪽은 1억 달러를 불렀다는데 미국 기업들은 3억 달러를 불렀다? 당연히 미국 기업들은 어떻게든 자기들을 고르게 하기 위해 노력할 거다. 이건 단순히 정치자금으로 해결할 수 있는 수준이 아니다.

"가장 빠르게는 기업들도 수익을 줄이는 것도 중요하고 동시에 미 정부에 당근도 제시해야 합니다."

"허."

그리고 그 당근만 잘 쓴다면 미 정부는 엄청난 돈을 아낄 수 있다.

"허."

미국 정부 입장에서는 마이스터를 온갖 핑계를 대면서 떨궈야 하니까 그걸 당당하게 기업에 요구할 수 있다.

"기업이 독점해서 좋은 꼴을 보는 경우는 없습니다."

그 말에 빌 웨이든은 자신도 모르게 고개를 끄덕거렸다.

"당신 말이 맞는 것 같군요."

경쟁자가 생기면, 그것도 담합할 수 없는 경쟁자가 생기면 기업들은 곤란해질 수밖에 없다.

'물론 그렇다고 해서 우리가 손해가 아니지.'

큰 사업이야 미국 기업들이 다 해 처먹겠지만 자잘한 사업들은 마이스터가 노려 볼 수 있다.

결정적으로 미 정부에서 승인받고 제대로 내부에서 활동

할 정도면 미군이 사용하는 어지간한 장비들의 구입이 가능해진다.

물론 최신 정밀 유도 무기 같은 건 턱도 없지만 K-2 전차 같은 건 구입이 가능하다.

왜 뜬금없이 K-2 전차가 나오느냐고 누군가는 물을 텐데, 무기를 만들 때 다른 나라의 주요 부품이 들어가면 그 무기를 팔 때도 그 나라의 허락이 필요하다.

예를 들어 한국 정부가 그토록 K-2 전차의 파워 팩을 국산으로 바꾸고 싶어 하는 것은 단순히 기술의 발전이나 정비 문제가 아니라 독일산 파워 팩을 달면 다른 나라에 수출할 때마다 독일의 동의를 받아야 하기 때문이다.

그리고 전 세계에 거의 모든 장비에는 미국산 부품이 들어가는 게 현실.

즉, 그것만으로도 아레스 밀리터리 그룹은 무기의 선택지가 어마어마하게 늘어나게 된다.

"좋습니다. 그건 적극적으로 밀어붙이지요."

빌 웨이든은 그 말에 쉽게 수긍했다. 자신들도 손해 보는 게 없으니까.

노형진은 고개를 끄덕거렸다.

"그래서, 뭘 먼저 해결하고 싶습니까? 아, 설마 다 해결해 달라는 건 아니죠?"

"일단 한 가지만 해결해 줬으면 합니다. 지금 거래로는 그 정도 값어치가 있는 것으로 보니까."

"한 가지면 되는 겁니까?"

"쉬운 문제가 아닐 텐데요? 사우디아라비아 문제니까. 이건 당신이 저지른 것도 있으니까 꼭 해결해야 합니다."

단순히 정치적 문제가 아니다. 에너지는, 그리고 석유는 현대 문명에서 핵심이다. 그런데 사우디아라비아는 현시점에서 친러, 친중 노선을 확장하면서 반미 기치를 내걸고 있다.

물론 사우디아라비아 말고 산유국은 많다. 그렇기에 그나마 여유로운 미국이나 유럽은 좀 더 주고 구하면 그만이지만 가난한 나라들은 에너지를 구하지 못해서 발전소가 멈출 수도 있는 상황이었다.

"그건 제가 아닌 미 정부에서 해야 할 일 같습니다만?"

노형진은 어이없다는 듯 말했다.

"지금 미국도 해결하지 못하는 에너지 문제를 저더러 해결하라는 겁니까?"

"중요한 겁니다. 그걸 기반으로 러시아가 버티는 거니까."

러시아가 지금 상황에서 버틸 수 있는 가장 큰 이유. 그건 중국과 사우디의 지원 덕분이다.

중국은 아주 대놓고 지원한다. 분명 러시아 자원의 거래 금지를 걸었지만 중국은 그걸 무시하고 싼값에 사서 비싼값에 팔아먹고 있다.

사우디아라비아의 경우는 비록 그들에게 자원을 팔아먹는

건 아니지만 그 대신에 석유 감산을 통해 가격을 폭등시킴으로써 러시아의 천연가스와 석유가 암암리에 돌 수 있게 도와주고 있다.

"우리가 통제했어야 하는데."

그 모습을 보면서 노형진은 혀를 끌끌 찼다.

"대통령 각하, 그래서 실패하신 겁니다."

"뭐라고요?"

"사우디아라비아도 엄연한 독립국입니다. 물론 통제하시려고 할 수야 있죠. 하지만 신경을 긁어 가면서 통제해서는 안 되는 거였습니다."

그 말에 빌 웨이든은 눈을 찡그렸다.

"무슨 말입니까?"

"당장 이해를 못 하신다는 겁니다. 사우디아라비아는 왕정 국가, 그것도 절대왕정 국가입니다."

"그게 왜요?"

'중국이냐?'

노형진은 전혀 감을 잡지 못하는 빌 웨이든을 보면서 혀를 끌끌 찼다.

중국이 중화사상을 중심으로 '우리 빼고 다 병신'이라고 생각하는데, 사실 미국도 별반 다르지 않다. 다만 그걸 대놓고 말하느냐, 아니면 대놓고 말하지 않느냐 정도의 차이일 뿐.

"대통령 각하, 사우디아라비아의 어원을 아십니까?"

"어원? 그거야 국가명 아닙니까?"

"아닙니다. 사우디아라비아의 정확한 뜻은 '사우디드 왕가의 땅'이라는 뜻입니다."

"아……."

그 말에 빌 웨이든은 아차 했다. 그도 정치인이기에 국가의 이름이 얼마나 중요한지 알고 있기 때문이다.

심지어 국가의 이름이 '내 땅이다.'라는 의미라면?

"극단적인 왕정 국가입니다."

그런 나라에 인권 운운하면서 왕의 신경을 긁었으니 당연히 좋은 꼴을 못 보는 거다.

"왕정 국가에서 왕이란 존재는 만인지상입니다. 특히 현 왕세자는 말 그대로 만인지상 일인지하라고 표현할 만하죠."

쿠데타까지 일으켜서 권력을 잡은 게 현 사우디아라비아와 왕세자다.

"음……."

"단도직입적으로 말하죠. 누군가 대통령 각하에게 눈앞에서 병신 새끼라고 욕한다면 기분이 어떨 것 같습니까?"

"기분이 좋지는 않겠죠."

"네, 그럴 겁니다."

빌 웨이든이 당당하게 선거에서 이겨서 미국의 대통령이 되었다지만 미국의 정치판 구조상 아무나 나와서 이기면 땡인 나라가 아니다. 힘도 있고 원래도 좀 있는 집안이 아니면 선거 출마는커녕 접근도 못 하는 게 현실이다.

"그런데 지금 현 사우디아라비아의 왕세자인 알루만 왕세자는 말입니다, 좀 있는 집안도 아닌 왕가의 자식입니다. 그것도 미국이랑 한번 해볼 만한 왕가의 자식이죠. 그런데 그 앞에서 인권을 문제 삼아 물고 늘어졌으니 수틀리는 게 당연한 겁니다."

막말로 자기가 생사여탈권을 쥐고 있는데 누군가 '넌 개새끼야.'라고 말하면 모가지를 따지 않고는 못 배기는 게 사람이다.

"더군다나 그가 단 한 번이라도 그런 모욕을 받아 봤을 것 같습니까?"

"그렇게 단순한 이유 때문이라고요?"

"물론 그게 유일한 이유는 아닐 겁니다."

"인정하라는 거죠."

"인정?"

'하기야…… 민주주의국가니까.'

미국은 민주주의국가다. 그래서 왕정 국가들의 통치 체제와 그 감정을 이해하지 못할 거다.

물론 나름 전문가들이 달라붙겠지만 멀리서 보는 것과 가까이서 보는 건 완전히 다르다.

'한국이야 뭐.'

한국은 멀리 갈 필요도 없이 더 극단적인 놈들이 위에 있으니 모르고 싶어도 모를 수가 없는 상황이지만 말이다.

"알루만 왕세자는 쿠데타를 통해 권력을 잡았습니다. 그래서 정통성에 상당한 문제가 있습니다."

"정통성이라……."

"네, 알루만 왕세자는 능력이 뛰어납니다. 그건 부정할 수 없습니다. 하지만 동시에 기존에 사우디 왕가의 규칙을 모조리 깨부쉈습니다."

사우디 왕가는 오랜 시간 형제간에 왕위가 세습되었다.

그러나 그러한 형제 세습에는 심각한 문제가 있었으니 계승권자들이 모두 형제들이다 보니 노쇠하는 속도가 비슷해서 대를 잇기가 애매하다는 것이었다.

"그래서요?"

"그래서 새로운 전통을 만들려 한 겁니다."

그게 바로 부자 세습이다.

본래 사우디 왕가의 규칙대로라면 다음 왕세자는 알루만이 아닌 그의 작은아버지, 즉 자둘라 국왕의 동생이어야 했다.

하지만 현 국왕인 자둘라는 친아들인 알루만 왕세자에게 왕위를 물려주고 싶었기에 자신이 국왕으로 있으면서 군권을 비롯한 핵심 권력을 알루만에게 넘겨줬고, 알루만이 그 힘을 바탕으로 쿠데타를 일으켜 왕세자의 자리를 찬탈할 수 있도록 묵인해 줬다.

"그건 저희도 알고 있습니다. 하지만 그게 미국과 무슨 상관입니까? 과거 조선처럼 사우디아라비아가 미국에 와서 왕자 자리를 승인받는 것도 아닌데."

심지어 국제적으로 나름 경험이 많은 CIA국장조차도 전혀 엉뚱한 소리를 했다. 노형진은 그런 그들에게 아주 차분하게 설명해 줬다.

"조선은 왕정 국가입니다. 애초에 고려에서 반역해서 생긴 나라이기도 하고요. 그리고 조선은 기록 성애자라고 불릴 정도로 상당히 기록에 집착했죠."

"그래서요?"

"그런 조선에 쿠데타나 암살을 통해 권력을 잡은 사람이 없겠습니까?"

당연히 있다.

"그리고 그들의 공통점은 두 가지였습니다."

첫 번째, 그 당시 상국이었던 명에 가서 승인받고 싶어 한다는 것.

두 번째, 자신들의 국민들에게 지지받고 싶어 한다는 것.

"정통성을 인정받기 위한 겁니다. 민주주의국가에서는 이해가 가지 않을지도 모르겠습니다만."

"솔직히 그렇군요."

"쉽게 생각해 보세요. 만일 미국에서 누군가 왕정 국가를 만든다고 설치면 그 누가 그걸 인정하겠습니까?"

실제로 그런 사람이 있기는 했다. 하지만 그는 왕으로 인정받은 게 아니라 기행하는 사람으로 취급받았고, 그 당시에 재미있는 지역의 명물쯤으로 취급받았다.

실제로 그가 죽었을 때 지역 신문에서 '아메리카 제국 황제 서거'라는 기사를 내기도 했지만 그건 진짜 왕으로서 인정해서가 아니라 자신의 지역에 있던 유명하고 친근했던 기행인이 사망했다는 사실을 알리려는 의도였다.

"왕가에서는 주변에 인정받지 않는다는 것은 생각보다 심각한 겁니다."

"음……."

"그런데 거기 가서 '인권 챙겨.'라고 말하는 건 '난 너를 인정하지 못해.'라고 하는 것과 비슷한 효과를 불러올 겁니다."

단순히 의견 전달이나 압박이 아니라 왕권의 부정인 셈. 그걸 좋게 볼 리가 없다.

"그리고 방금 말씀드린 것처럼 정통성을 확보하기 위한 가장 좋은 방법은 국민의 지지를 받는 겁니다."

"사우디아라비아에서요?"

"네, 왕정 국가니까요."

실제로 한국 언론은 알루만 왕세자가 개혁 성향이 강한 인물로 판단하고 있다.

"하지만 제가 보기에는 정반대입니다."

"정반대?"

"네. 개혁이라는 건 지지를 받을 수 있는 가장 좋은 거짓

말이거든요. 정치인들이 뭐만 하면 국민을 위해서, 라는 말하는 것과 비슷한 겁니다. 개혁한다고 말한다는 것 자체가 이미지를 좋게 만드니까요."

진짜 개혁 성향이 아니라 일단 국민들의 지지를 받고 싶은 거다.

"예를 들면, 음…… 알루만 왕세자가 하는 정책 중에 여성도 운전 가능하다는 규칙이 있죠?"

"그렇죠."

알루만 왕세자가 개혁 성향이라고 이야기될 때 가장 먼저 나오는 사례 중 하나다. 사우디아라비아에서 여성은 딱 노예보다 나은 수준이다. 심지어 결혼하지 않으면 같은 건물에서 사는 것도 불법이다.

당장 사우디아라비아에 간 유명 축구 선수의 경우 사실혼 관계인 아내가 있는데 법적으로 아내가 아니었다. 아이까지 낳았지만 남자가 혼인신고를 안 해 주고 있기 때문이다.

그래서 외부적으로는 약혼자로 인정된다.

그런데 그런 경우 사우디아라비아의 법률상 같은 집에 사는 것은 불법이다.

"그래서, 그걸 어떻게 해결했을 것 같습니까?"

"그거라면……."

"사용인으로 등록되어 있다는 소문이 있더군요."

사용인. 즉, 가정부라는 소리다.

"그런데 말입니다, 진짜 진취적인 사람이라면 운전이 아니라 다른 걸 해소해 줬겠죠."

"그런데 운전이라는 건……."

"네, 맞습니다. 권한을 주는 것 같죠. 그런데 말입니다, 운전할 차는 있을까요?"

"네? 그게 무슨 소리죠?"

"운전할 차는 있겠냐고요. 애초에 노예보다 좀 더 나은 신분인데 차를 누가 그 여자한테 팔겠느냐 이거죠."

노형진은 혀를 끌끌 찼다.

'이런 간단한 속임수를 모르나.'

노형진은 알루만 왕세자의 그 정책이 자신을 진취적인 사람으로 보이기 위한 하나의 속임수라고 생각한다.

"단순하게 생각해 보세요. 운전면허를 땄다고 칩시다. 그러면 차는 살 수 있습니까? 그리고 그 차를 살 돈은요? 남자가 없으면 밖에도 나가지 못하는데 노동을 통해 재산을 불릴 수도 없죠."

"……."

물론 사우디아라비아에서 여성의 재산권이 인정되지 않는 건 아니다. 하지만 사우디아라비아에서 여성은 샤리아에 따라 남성의 소유물이다. 그래서 모든 여성은 남성 보호자가 없다면 아무것도 할 수 없다.

그나마 최근에야 교육 등 최소한의 공립 서비스에서 동행이 없어도 다닐 수 있게 했지만 말이다.

"사우디아라비아에서 여성의 권위는 바닥입니다. 물론 알루만 왕세자를 비롯해서 조금씩 풀어 주는 추세이기는 합니다만."

그게 한 번에 풀릴 리가 없다.

"그렇게 심합니까?"

"여성 기숙사에 불이 났을 때 차도르를 입지 않았다는 이유로 건물에서 탈출을 막을 정도였습니다."

그 사건을 저지른 건 소위 말하는 종교 경찰이었는데, 심지어 그 당시에 여성이 사는 건물이라는 이유로 소방관과 경찰의 접근을 막아서 결국 여학생들은 건물에서 탈출하지도, 그리고 누구에게도 도움받지도 못한 채로 갇혀 산 채로 불타 죽어야 했다.

"법적으로 사회 진출을 인정하고 운전을 막는다. 그럴듯하죠. 하지만 그들이 어디로 갈지, 그리고 뭘 할지는 결국 남자의 허락을 받아야 합니다."

당장 남성 보호자 1인 동석이라는 규정상 여성이 차를 끌고 어디로 간다고 해도 할 수 있는 건 없다시피 하다.

일부 공직에 여성이 진출하는 건 사실이지만 말이다.

"그리고 그런 자리는 보통 있는 집 자식 아니면 권력자 자식이 차지하죠."

"음."

"다른 걸로 하이퍼 시티도 있죠."

하이퍼 시티는 알루만이 미래를 위해 만들겠다고 하는 거대 인공 도시다. 그곳은 수많은 사람들이 관심을 가지고 있는 곳이자 한국 언론에서도 사우디아라비아에 잘 보여서 그 공사권을 따내야 한다고 주장하는 곳이기도 하다.

"하지만 현실적으로 보면 그건 뒤집어질 겁니다. 가능성이 없어요."

실제로 많은 전문가들이 그 하이퍼 시티를 만들면 망할 거라고 이야기한다.

건설? 그건 가능하다. 돈이 넘쳐 나는 사우디아라비아니까. 하지만 유지에는 '글쎄?'라고 말한다.

구조적인 문제는 둘째 치더라도 하이퍼 시티의 인구가 마실 만한 물이 없다. 사우디아라비아는 사막 국가니까.

물론 하이퍼 시티는 바다에 인접한 곳이고 바닷물을 여과해서 마시는 건 가격이 비쌀 뿐 딱히 어렵지 않으니 공급 자체는 가능할 거다.

문제는 그 하이퍼 시티에서 뭘 먹고 살 것이냐는 거다.

"알루만 왕세자는 그곳을 거대한 국제 금융의 메카로 만들고 싶은 모양이지만 쉽지는 않죠."

"어째서 말입니까?"

CIA국장은 고개를 갸웃했다. 그리고 노형진은 당연한 듯 말했다.

"미국에서 거기를 쓸 겁니까, 지금 시점에서?"

"아……."

사우디아라비아에서야 그게 완성하면 금융의 메카라고 주장하겠지만 이미 그런 메카는 넘쳐 난다. 그리고 미국이 거기를 쓰지 않으려 할 건데 과연 거기를 누가 쓰겠느냐는 거다.

전 세계의 금융의 메카의 핵심은 미국과 서방의 자금이 거기로 흘러 들어간다는 거다.

"그런데 왜?"

"한국에서도 말입니다, 구청장 선거할 때 공약으로 하는 말이 우리 동네 신도시급 아파트를 세워 준다는 겁니다."

물론 개소리다. 구청장은 그럴 권한도 없을뿐더러 그럴 능력도 안 된다. 최소한 시장은 되어야 그걸 심사라도 하지, 구청장이 무슨 힘이 있고 무슨 돈이 있어서 '우리 동네에 아파트를 세우겠습니다, 여러분!'이라고 약속한단 말인가?

그럼에도 불구하고 그런 말을 하는 이유는 간단하다.

이기면 장땡이니까.

"그리고 그런 거대한 건설 프로젝트는 말입니다, 사람들에게 장밋빛의 미래를 보여 주기가 가장 쉽거든요."

막말로 구청장이 쓸 수 있는 돈으로는 아파트 건설은커녕 지역의 폐건물을 구입해서 헐고 주차장을 만드는 것조차도 힘들다. 그럼에도 그런 소리를 하는 건 지역민들에게 가장 효율적으로 밝은 미래를 보여 줄 수 있기 때문이다.

"그러면 하이퍼 시티는 그런 목적이라 이건가요?"

"네, 맞습니다. 그리고 그걸 보면 알루만 왕세자가 미국에 적대하는 이유도 자연스럽게 드러나죠."

장밋빛 미래를 보여 줌과 동시에 자신의 존재감을 드러내기 위해서다. 친미 국가인 것은 사실이고 그걸 사우디아라비아 국민들도 안다. 그리고 그걸 마냥 좋아하지는 않는다.

세상에 자존심 없는 나라는 없으니까.

"전 대통령인 도널드 올드먼이 선거에서 뭐라고 했는지 아시죠?"

"강한 미국이었지. 하아~ 무슨 소리인지 알겠군요."

"네, 사실 제가 봐서는 알루만 왕세자는 도널드 올드먼과 같은 타입입니다."

외부에 신경 쓰지 않고 강한 사우디아라비아를 만들겠다.

이게 순간 지지율을 높이기에는 아주 좋다.

실제로 쿠데타로 권력 잡는 놈들이 가장 먼저 외치는 게 바로 외부 침략의 방어다.

"좋게 말하면 중립이고, 나쁘게 말하면 독재죠."

물론 가난한 나라라면 그 자체로 무너질 거다. 하지만 사우디아라비아는 돈이 넘치는 나라다.

"제가 사우디와 미국의 사이를 깬 게 아닙니다."

노형진은 그저 이미 깨지고 있던 관계에서 이득을 챙긴 것뿐이었다.

"그러면 관계를 되돌리기 위한 방법은 뭡니까?"

"첫 번째, 그가 원하는 걸 주는 겁니다."

그 말에 빌 웨이든은 눈을 찡그렸다.

"그걸 몰라서 그러는 게 아니잖습니까? 그가 원하는 건……."

"네, 사우디아라비아의 이득이죠."

정확하게는 사우디아라비아의 패권의 인정이다.

사실 사우디아라비아의 국제적 위상은 강력하다고 보기 힘들었다. 돈 많은 나라인 것도 사실이고 군사적으로는 강대국에 속하지만 미국의 영향을 너무 크게 받기 때문이다.

그리고 알루만은 친중국과 친러시아 그리고 반미 주의를 이용해서 이참에 미국에서 벗어나고 싶은 거다.

당연히 미국 입장에서는 그걸 그냥 두고 볼 수 없고 말이다.

"그러니 타협을 위해 다른 미끼를 내놔야지요."

"다른 미끼?"

"네, 바로 '정통성' 말입니다."

"하지만……."

그 말에 빌 웨이든은 떨떠름한 얼굴이 되었다. 그도 그렇게 자신들이 정통성을 언급하는 순간 사이가 더 박살 날 게 뻔하기 때문이다.

막말로 미국에서 '사우디아라비아 왕세자인 알루만의 정통성을 인정합니다.'라고 하면 알루만은 '너희가 뭔데 그걸 판단하냐!'라고 물어뜯을 게 뻔하다.

"알고 있습니다. 그러니까 다른 걸 내세워야지요."

"무슨 말입니까?"

"전통적으로 쿠데타로 권력을 잡은 놈들이 가장 두려워하는 게 뭔지 아십니까?"

"글쎄요?"

노형진의 말에 빌 웨이든은 살짝 모르겠다는 표정을 지었다. 하기야 그는 선거에 뽑힌 사람이니까.

하지만 전 세계적으로 온갖 수작질을 하던 CIA국장은 바로 알아차렸다.

"또 다른 쿠데타군요."

"맞습니다."

한국도, 다른 나라도 가장 먼저 하는 게 자신을 지킬 친위대를 세우는 것이었다. 그제야 빌 웨이든도 그 의미를 알아차리고 표정이 굳어졌다.

이미 미국은 그 방법을 수차례 써먹었고, 그 결과 수십 년이 지난 시점에서 그 반작용으로 전 세계에 반미 분위기가 팽배해지기도 했다.

더군다나 지금 그걸 중국이 적극적으로 써먹으면서 아프리카를 집어삼키고 있는데 사우디아라비아에서도 그런 행동을 한다면 전 세계가 혼란을 넘어 3차세계대전까지 갈 수도 있다.

노형진은 여유 넘치는 표정으로 입을 열었다.

"물론 그러지 말아야죠."

"그러면?"

"다만 이쪽에서 친미 세력이 될 만한 사람에게 접근할 수는 있죠. 알루만은 그다지 반갑지 않겠지만 말입니다, 후후후."

세상 아래 태양은 하나뿐

　사우디아라비아는 알루만의 휘하에서 강력한 힘을 휘두르고 있다. 그리고 그곳에는 아레스 밀리터리 그룹이 계약에 따라 방어하고 있기에 내부적으로는 상당히 안정된 상황이었다.

　그러나 그렇다고 해서 쿠데타의 여파가 사라진 것은 아니었다.

　"알카소가 과연 우리 계획대로 움직일까요?"

　사우디로 가는 비행기 안. 미국을 대표해서 사우디아라비아에 찾아가는 사람은 미 외교부의 제임스 차관보였다.

　미국에서 차관보쯤 되는 사람의 권력은 절대 작지 않다.

　그런데 그런 그가 직접 사우디아라비아로 향하는 이유는

간단했다. 노형진의 계획에 따라 이야기하기 위해서다.

"알카소는 아마 혼란스러울 겁니다. 하지만 사실 중요한 건 알카소가 아니죠."

노형진은 느긋하게 콜라를 마시며 창밖의 구름을 바라보면서 말했다.

"중요한 건 알카소가 차기 대권…… 아니지, 왕권 후계자라는 거죠."

"음…… 과연 넘겨줄까요?"

"그게 애매하거든요. 알루만이 규칙을 깼다지만 거기에는 이유가 있습니다. 하지만 알카소는 그게 아니거든요."

사우디아라비아는 전통적으로 형제간 왕위 계승이 규칙이었다. 그런데 그걸 알루만이 깼다.

이유는 간단하다. 선대 왕위 계승자들의 나이가 너무 많았던 것이다. 선대 왕위 계승자들의 나이가 죄다 일흔 살 가까이 되었으니까.

규칙대로 형제 왕위 계승을 할 경우 자칫하면 1년에 한 번씩, 최악의 경우는 1년에 두세 번씩 왕이 바뀔 수도 있다는 거다.

"그리고 전대 왕세자는 부패 혐의로 날려 버렸고요."

원래 왕세자는 현 국왕의 동생이었다. 하지만 알루만이 부패했다는 미명하에 쿠데타를 통해 그를 밀어내고 권력을 차지했다.

그리고 그건 알루만의 아버지가 은밀하게 도와준 것이었다. 왜냐, 친아들이 있는데 나이 먹은 동생에게 권력을 넘겨주고 싶지는 않을 테니까.

"문제는 거기서 발생한 거죠."

적당한 이유가 있어서 왕위 계승권이 바뀌었다. 그건 외부에서 왈가왈부할 수가 없다. 그러나 알루만이 즉위한 뒤, 그의 왕위를 이어받을 계승권자에 대해서는 다르다.

현재 알루만에게는 아들 두 명에 딸이 한 명이 있다.

그런데 전통적으로는 형제간 왕위 계승이 규칙이다.

그렇다면 알루만 이후 계승권을 가질 사람은?

"기존 방식대로라면 알카소입니다."

알카소.

알루만의 친동생이자 사우디아라비아 현 국방부 장관.

"그러나 알루만은 그에게 주고 싶은 생각이 없겠죠."

"하지만…… 알카소에게 국방부 장관을 맡겼잖아요?"

"당연히 권세가 필요하니까요. 애초에 알루만이 권력을 잡는 데 성공한 이유가 뭡니까?"

바로 군대다. 본디 계승권 자체가 없었지만 그의 아버지인 현 사우디 국왕인 자둘라 덕에 국방부를 맡으면서 군대를 동원해 사우디아라비아에서 쿠데타를 일으켜 아버지의 형제들을 모조리 잡아넣은 게 바로 알루만이다. 그러니 다른 누군가가 군대를 장악하는 게 얼마나 무서운 일인지, 가장 잘 알고 있다.

"하긴, 쿠데타를 일으킨 놈들은 또 다른 쿠데타를 일으키는 걸 두려워하지요."

실제로 그런 상황을 막기 위해 순 시스템에 온갖 감시를 박아 넣는 게 현실이다.

애초에 알루만이 알카소를 국방부 장관으로 임명한 이유가 뭘까? 단순히 주요 공직자는 왕가만 맡을 수 있어서?

그럴 리가 없다. 알카소가 친동생이기에 그나마 믿을 수 있기 때문이다.

워낙 많은 피를 본 알루만이다. 비록 목숨은 건드리지 않고 재산만 빼앗았다고 해도 그 원한을 가진 사람이 한둘이 아닌지라 그쪽 파벌이 권력을 잡으면 다시 한번 목이 날아갈 테니까 가장 믿을 만한 사람에게 자리를 맡긴 거다.

"문제는 그게 두 가지 의미라는 거군요."

"맞습니다."

가장 믿을 수 있다는 것은 반대로 말하면 가장 가까이에서 뒤집을 수 있다는 의미이기도 하다.

국방부 장관으로서 나라를 뒤집은 알루만이기에 알카소를 끊임없이 경계하고 있을 게 뻔했다.

더군다나 아직 규칙이 제대로 정해지지 않은 터라 전통대로라면 그다음의 왕권을 가져갈 놈이고, 심지어 아직 40대 초반의 팔팔한 나이이기까지 하니 더더욱 위험하다.

"한국에도 역사적으로 조카를 죽이고 권력을 찬탈한 왕이 있거든요."

알카소라고 그러지 말라는 법은 없다.

"우리가 알카소와 접촉하면 아마 알루만은 반쯤 미쳐서 날 뛸 겁니다."

그리고 협상하든 뒤집어 버리든 둘 중 하나를 선택하게 될 거다.

"그리고 현 국왕도 현시점에서는 뭔가를 할 수가 없죠."

둘 다 친자식이다. 그것도 같은 배에서 태어난 친자식.

그런데 다른 한쪽을 죽일 수 있을까?

그럴 리가 없다.

"까딱 잘못하면 혼란이 극에 달할 겁니다. 그걸 막고 싶다면 알루만은 줄을 잘 서야 하겠지요."

"정통성이라는 거군요."

미국이 정통성을 언급한 건 아니지만 현시점에서 알루만의 정통성은 알카소가 잇는 게 당연한 일.

"그러니까 약간의 떡밥을 던지면 아마 재미있는 일이 벌어질 겁니다, 후후후."

⚖

제임스 차관보는 사우디에 입국해서 알루만을 만나고자

했다. 일단 공식 외교관으로서 왔으니까.

그러나 알루만은 그걸 바쁘다는 핑계로 거절했다.

"예상대로군요."

반미를 외치고 있는 시점에서 장관도, 차관도 아닌 차관보라는 건 급이 안 맞아도 너무 안 맞는다.

그러니 알루만이 거절하는 것도 당연했다.

제임스 역시 그걸 이상하게 생각하지 않았다. 애초에 회담을 위한 것도 아니고 업무상 사우디아라비아에 왔는데 왕에게 인사하느냐 마느냐 정도로 접근한 거니까.

하물며 알루만이 안 만나 주는데 현 국왕이 만나 줄 리가 없다.

"그러면 우리는 바로 알카소에게 가면 되는 거군요."

"네, 뭐라고 하지는 않을 겁니다."

공식적으로 만남을 요청한 합당한 이유가 있으니까.

"알카소가 무슨 반응을 보일지 두고 보도록 하지요."

그렇게 노형진은 제임스와 함께 알카소를 찾아갔다.

공식적으로 노형진과 제임스가 알카소를 찾아간 이유는 다름 아닌 사우디아라비아가 가진 장비의 중고 인수를 위해서였다.

"반갑습니다. 미스터 노, 제임스 차관보도 오랜만이군요."

"오? 아시는 사이입니까?"

"업무상 잠깐 만난 적이 있지요."

알카소는 노형진과 제임스를 환영하면서 미소를 지었다.

"이야기는 들었습니다. 우리 무기를 아레스 밀리터리 그룹에 넘기고 싶다고요?"

"네, 물론 협조 차원입니다만 현시점에서 아레스 밀리터리 그룹의 화력이 부족한 게 사실이니까요."

"그래요? 하지만 제가 보기에 아레스 밀리터리 그룹 화력이 부족한 것 같지는 않은데요?"

"아레스 밀리터리 그룹의 무기들은 대부분 구식 중국산 무기니까요."

일부 한국산 무기와 미국산 무기가 있지만 구형이라 화력이 비교적 약하다는 문제가 있다. 아프가니스탄에서 안정화되면 일부 무기를 팔아 주겠다고 약속은 했지만 안정화가 너무 잘되자 쓰기 위해서라도 팔 수 있는 무기들이 별로 없었기 때문이다.

"그래서 사우디아라비아에서 무기를 좀 사고 싶습니다."

"흠."

그 말에 알카소는 왠지 떨떠름한 얼굴이 되었다.

"아레스 그룹의 주요 무기 구매처는 한국으로 알고 있는데요?"

"그러려고 했었죠."

"했었죠?"

"러시아-우크라이나 전쟁이 터지지 않았습니까?"

"아아~."

전 세계에서 모든 무기들을 빨아먹고 있는 전쟁이다. 구소련제 무기들이 모조리 빨려 들어갔고 그 빈자리를 메꾸기 위해 각 나라들이 미친 듯이 무기를 사고 있다.

그런데 미국제 무기는 대기 기간이 3년, 독일제 무기는 대기 기간이 5년이란다. 그런 상황에서 대한민국이 '신속 배달'을 외치고 있어서 엄청난 주문과 협상이 이루어지고 있었다.

"알려지지 않을 뿐이지, 저희 입장에서는 우선순위가 밀릴 수밖에 없습니다."

"하긴."

국가에 줄 것도 아니고 민간 군사 기업이다. 심지어 그 주문량도 비교도 못 할 만큼 작으니 우선순위가 밀리는 게 당연한 일.

"그렇다고 해서 저희 아레스 밀리터리 그룹의 힘을 줄일 수도 없거든요. 이번에 아레스 밀리터리 그룹이 미국에서 활동을 승인받아서요."

물론 그런다고 해도 많이 바뀌지는 않겠지만 말이다.

"그런데 여유가 있는 나라들을 살펴보다 보니 사우디아라비아가 최적이더군요."

서방제 무기들 중에서 재고는 모조리 우크라이나가 가져갔다. 퇴역 장비들도 모두 넘겨졌고 심지어 고철로 매각했던 레오파트 전차를 다시 구입해서 정비해서 보내려고 협상 중이기도 했다.

그렇다고 중국산 무기를 사기는 애매하다. 성능은 둘째 치더라도 대놓고 뒷문을 만들어서 들락날락하는 중국이 뭔 짓을 할지 모르니까.

러시아? 러시아는 자기들이 쓸 무기도 부족해서 2차대전 당시의 무기를 꺼내고 있는 판국이다.

인도 같은 제3국의 무기는 품질은 기대하기도 힘들고 말이다.

"세상에서 완벽하게 중립을 지키는 나라가 많지 않죠. 그리고 사우디아라비아는 그런 나라 중 한 곳이고요."

"확실히 그건 그렇지요."

"그래서 미 정부에 구입을 요청했는데 자신들도 재고가 없다면서 사우디아라비아에서 중고로 구입할 수 있는지 공식적으로 중개해 준다고 하더군요."

노형진과 제임스가 공식적으로 알카소를 찾아온 이유가 바로 이거다. 중고 무기의 구매.

그럴듯한 이유이고 그걸 담당하는 게 알카소인 만큼 그를 만나는 게 너무나 당연했다.

"더군다나 사우디아라비아에 있는 무기들은 아레스 밀리터리 그룹에 익숙하지 않습니까?"

"확실히 그렇지요."

아레스가 방어를 담당하기 시작했으니 그걸 운영하는 것도 아레스다. 특히 한국 쪽 인원은 원래 미국제 무기에 익숙하기에 그걸 운영하기 위해 별도의 운영 훈련 같은 게 필요 없는 경우도 많았다.

"그러니 저희가 그중 일부를 인수하고 싶어서요."

"흠."

그 말에 알카소는 고민하기 시작했다.

'그래, 애매하겠지.'

사우디아라비아는 무기의 소비처로써나 유명하지, 지금까지 무기를 외부에 반출해 본 적이 없다. 애초에 그럴 이유가 없었던 데다 의외로 무능한 용병 때문에 무기의 소비가 아예 없는 것도 아니었기 때문이다.

물론 그럼에도 불구하고 사우디아라비아는 다른 주변국들에 비해 엄청난 숫자의 잉여 무기가 있었다. 사우디아라비아에 있어서 무기의 구입은 자국의 방어뿐만 아니라 그 과정에서 적지 않은 돈을 빼돌리기 위한 하나의 수단으로도 활용되고 있는 것이 그 이유였다.

실제로 최종적으로 보면 사우디아라비아에서 구입한 무기가 다른 나라들에 비해 조금 더 비싼 경우가 많았는데 그게 다 중간에서 빼돌리기 위함이었다.

'전 세계의 어느 나라도 군사 비리가 없는 나라는 없지.'

노형진은 싱글벙글 웃으며 말했다. 미국도, 영국도, 프랑스도 다 어느 정도의 군사 비리가 있다.

심지어 아프리카조차 우스갯소리로 비행기는 없지만 낙하

산은 있다는 말을 할 정도였다.

군사 비리를 위해 그렇게 구입하는 것이다.

'그리고 그건 알카소도 마찬가지라는 거지.'

사우디아라비아도 결국 계파와 권력이 있는 나라다. 도리어 강력한 왕권주의 국가이기에 그러한 계파 간 갈등은 심해질 수밖에 없었다.

현 왕세자인 알루만이 부패한 전 정권의 왕자들을 내몰고 권력을 잡았지만 그렇다고 그가 깨끗하고 투명한 사람일까?

아니다. 그저 얼마 전까지만 해도 그들이 권력을 잡지 못했기에 챙겨 먹고 싶은 게 있어도 충분히 챙기지 못할 뿐이었다.

'지금 중국도 그런데, 뭐.'

당장 샹량핑이 지배하는 중국만 봐도 그렇다.

집권 초기에 샹량핑이 가장 강하게 내건 조건이 뭔가? 부패의 박멸이다.

그런데 지금의 중국은? 그때보다 더 부패했으면 부패했지, 덜 부패하지는 않았다.

인류의 역사를 보면 절대 권력의 절대다수는 부패한다. 그리고 개혁을 주장하는 절대다수는 진심으로 개혁을 바라는 게 아니라 저놈이 먹는 걸 자기가 먹는 걸로 바꾸고 싶은 것뿐이다.

'알루만 역시 마찬가지겠지.'

아니, 설사 알루만이 진심으로 개혁을 통해 사우디아라비아의 미래를 바꾸고 싶다고 해도 아래에 있는 놈들이 원하는 건 두둑하게 받아 챙기는 거지, 그런 미래가 아니다.

'그리고 사우디아라비아의 구조적인 한계는 명확해. 그게 가장 문제고.'

사우디아라비아는 극단적 신분제 사회다. 오일 머니가 있어서 국민들에게 부족함 없이 돈을 퍼 줄 수는 있지만 그렇다고 해서 국민들이 상위 직급으로 갈 수는 없다.

당장 정부의 주요 당직자는 왕가의 사람이 아니면 접근하지 못한다. 그리고 그중 상당수가 알루만 왕세자의 쿠데타 당시에 실권하고 가택연금 상태다.

그렇다면 그 자리를 누가 채울까? 대중에서 뽑은 사람?

애초에 이슬람 문명은 학습에 대해 극도로 부정적인데?

거기다 그 한정된 사람들조차도 대부분 왕가인데?

결과적으로 돌려 막기 수준으로 그간 권력에서 밀려난 왕가 사람들을 뽑아야 했다.

그리고 사우디아라비아 정부가 아직 모르고 있어서 그렇지, 그 문제는 생각보다 심각했다.

심각한 능력 부족 사태가 벌어진 것이다. 오일 머니의 파워로 모든 걸 덮고 있지만 말이다.

애초에 권력의 핵심에 들어갈 가능성도 없고 왕족 사회에서 그랬다가 아차 하면 실권이고 뭐고 모가지가 날아가게 생겼는데 누가 섣불리 그런 시도를 하겠는가?

그랬기에 그저 외부적으로 드러나자 않았을 뿐, 그렇잖아도 부족한 능력 부족 사태는 사우디아라비아 내부에서 말이 많았다.

오죽하면 현 국왕이 공무원을 위문하고자 관공서에 갔더니만 단 한 명도 없을 정도란다.

한국처럼 상급자가 골프장으로 그리고 찜질방으로 도망간게 아니다. 진짜 단 한 명도 없었다고 한다. 아무리 찾아간 곳이 대민 서비스가 주요 업무가 아닌 외교부라지만 이는 심각한 문제였다.

도리어 국제적 문제는 워낙 파급력이 커서 어떤 나라도 가장 바쁜 부서 중 한 곳이 바로 외교부인 거다.

즉 현재 사우디아라비의 외교력은 단 하나, '오일 머니를 이용한 상대방의 압살'이라는 방식으로만 유지되는 상황.

'그런 나라가 문제가 많지.'

특히 지금처럼 시간이 지나면 더더욱 그렇다.

처음에 권력 잡은 놈들은 간땡이가 작아서 크게 못 해 먹는다. 처음부터 100억, 200억씩 해 먹는 게 아니라 작게 100만 원, 200만 원만 해 먹는다. 그러다가 문제가 생기지 않으면 점점 더 커져서 나중에서 수백억을 해 먹는 거다.

세상에 처음부터 '나는 수백억을 횡령할 거야.'라고 생각하는 사람은 없다. 그리고 알루만의 통치는 안정적이고 지지

율 역시 높은 편이다.

그런데 의외로 이럴 때가 가장 위험한 시점이다.

자기 모가지가 날아갈 가능성은 낮아지고 슬슬 일에 익숙해지면서 어디서 해 처먹을 수 있는지 알기 시작하고, 조금씩 간땡이가 부어서 이제 원하는 금액이 일이백만이 아닌 일이 억이 될 때.

심지어 이 기준도 한국 기준이다.

돈이 썩어 문드러지는, 그리고 시스템이 상당히 대충 만들어진 사우디아라비아 같은 경우는 아마 벌써 신나게 빼돌리고 있을 거다.

"저희가 그 무기를 구입할 수 있게 해 주신다면 섭섭지 않게 보상하겠습니다."

노형진은 싱글벙글 웃으며 말했다.

'이건 거부할 수 없는 미끼일걸.'

섭섭지 않게 보상하겠다. 즉, 더 많은 뇌물을 주겠다는 뜻이다. 그런데 단순히 그걸로 끝일까?

아니다. 비웠으면 채워야 한다.

중고로 무기를 판 후에 그 자리를 비워 두는 나라는 없다.

새로운 무기를 사는 과정에서 두둑한 뇌물이 오갈 게 뻔한 일.

'물론 그건 쉽지 않겠지만.'

사우디아라비아에서 무기를 사겠다고 하지만 현재 그 무기를 공급할 수 있는 나라는 없다고 봐야 한다.

미국? 이미 관계가 망가져서 사우디아라비아에 주요 장비에 대한 판매 제한을 걸어 버린 상황이다. 실제로 미국은 한때 가장 강력한 동맹이었던 사우디아라비아에 F-35의 판매를 금지해 버렸다.

친중 친러 정책을 보여 주는 사우디아라비아가 그들에게 기술을 넘겨줄 가능성이 아주 높다고 생각했기 때문이다.

'제대로 된 국방부 장관이라면 그걸 생각해서 반대할 거야.'

전 세계적으로 무기 공급이 부족하다. 그건 방금 전 노형진이 한 말이다. 감춘 것도 아니고 당당하게.

"확실히 우리가 재고가 많지."

그렇게 말하며 기대하는 눈빛으로 변하는 알카소.

노형진은 그런 그의 말에 속으로 미소 지었다.

'경험이 없기는 하네.'

당장 한국만 해도 다른 나라에 무기를 수출하기 위해 우선 생산량을 돌려 버리자 민간인들 사이에서까지 '전력 공백은 생각하고 있는 거냐?'라는 말이 나오고 있는데 국방부 장관이 이런 말을 할 정도면 실력이 없다고 봐야 한다.

'뭐, 반미 정책에서 벗어나려는 것도 있겠지만.'

기존의 사우디아라비아는 미국제 무기로 도배했다. 하지만 이제는 거기서 벗어나려고 노력 중이다.

물론 그래 봤자 유럽 아니면 중국제 무기일 테지만 말이다.

"역시 알카소 씨는 통이 크시군요. 그러면 저희 미국에서도 추가 무기 구매를 할 수 있을까요?"

"미국에서 말이오?"

"네. 아, 물론 최신 장비는 아닙니다. 말 그대로 구형 장비들을 원합니다."

매년 엄청난 물자의 무기들을 사는 사우디아라비아다. 그게 10년, 20년 문제도, 새로 들어온 무기를 팔거나 하는 나라도 아니다.

그러면 그게 어디로 갈까? 당연히 어딘가에 치장 물자로 박혀 있을 거다. 노형진은 그 부분을 미 정부에 언급했다.

과연 사우디아라비아의 구형 장비들은 어디에 갔는가?

실제로 현재 사우디아라비아에서 장비를 운영하는 아레스 밀리터리 그룹이기에 구형 장비가 아닌 최신 장비만 쓴다는 걸 모를 수가 없었다.

"그건 뭐에 쓰려고?"

"그건 좀……."

말을 흐리는 제임스. 그러나 그 반응을, 알카소는 떨떠름한 얼굴로 받아들였다. 대충 이해가 가니까.

'우크라이나에 지급하려는 모양인데.'

미국은 지금 있는 대로 우크라이나에 지원하고 있다.

당연하게도 그중 절대다수는 중고 아니면 구형이다. 아무리 적극 지원한다고 해도 신형 무기를 주는 건 부담이 크니까.

그리고 그게 바닥을 보이는 상황이다.

"그걸 저희에게 판매해 주신다면 추후 적극 지지하겠습니다."

"적극 지지?"

고민하는 알카소에게 제임스는 슬쩍 떡밥을 던졌다.

물론 무기를 살 수 있으면 좋다. 하지만 그건 어떤 면에서는 연막에 가까웠다. 진짜 목적은 바로 이 한마디였다.

"그래도 국정 운영을 하려면 지원이 필요하시지 않겠습니까?"

"무슨 말이오? 그건 형님께서 하시겠지."

"그거야 그렇지요. 하지만 왕세자님 다음에 국왕이 되실 건 장관님 아닙니까?"

"내가?"

그 말에 순간 어리둥절한 얼굴이 되는 알카소.

'몰랐을까? 아니면 모른 척하고 있는 걸까?'

전혀 이해하지 못한 눈치인 알카소. 하지만 제임스는 그런 그를 보면서 애써 얼굴에 가면을 뒤집어썼다.

"사우디아라비아의 규칙에 따르면 장관님께서 알루만 왕세자님 이후에 국왕이 되시는 게 당연하지 않은지요?"

"크험, 그건 모를 일이지. 그런 말을 섣불리 입에 올리면 곤란하오."

"죄송합니다. 제가 그만 실례를."

"오늘은 이야기할 기분이 아니군. 나중에 이야기합시다."

"다시 한번 사과드립니다."

명백한 축객령에 노형진과 제임스는 미안한 얼굴로 그의 집무실에서 나왔다. 하지만 돌아오는 차 안에 몸을 실은 그 둘의 얼굴에는 미안한 표정이라고는 전혀 없었다.

　　"제대로 문 것 같죠?"

　　"그럴 겁니다. 아예 그런 생각을 안 해 본 건 아닐 테니까."

　　전통적으로는 형제 상속이 기본.

　　그러나 쿠데타를 일으켜 계승권을 얻은 알루만은 상당히 변칙적인 경우다. 그렇다면 일반적으로는 전통적인 상속이 당연할 거라고 생각할 거다.

　　설사 그게 아니라고 해도 알카소는 그렇게 하는 게 맞다고 생각할 거다. 왜냐, 알루만의 형제들도 왕이 되고 싶을 테니까.

　　"그렇지만 지금까지 쉽게 생각하지 못했겠지요."

　　왜냐하면 이들은 아직 한창때이고 형인 알루만이 죽을 때까지는 아주 멀었으니까.

　　그러나 혼자서만 그렇게 생각하는 게 아니라 주변에서 '그게 당연한 거 아냐?'라고 이야기하는 건 또 상황이 다르다.

　　"혹시나 알카소가 알루만에게 말하지는 않을까요?"

　　"안 할 겁니다. 말할 수가 없어요. 말하면 바뀌는 것은 없이 자신만 죽으니까요."

　　"하긴."

　　미국과의 관계? 이미 알루만은 파탄 낸 상태다.

제임스의 말이 기분이야 나쁘겠지만 그걸로 미국에 항의야 하겠지만 그걸로 끝이다. 선전포고하거나 단교할 수는 없다.

반미를 내세우고 있다지만 그건 어디까지나 사우디아라비아가 패권국으로서 자리 잡고 싶어서지, 미국이랑 한판 해보려는 게 아니니까.

그런데 그걸 말했을 때 과연 알루만은 어떻게 생각할까? 동생인 알카소를 믿고 '동생, 안 그럴 거지?'라고 물을까, 아니면 '이 새끼도 믿기 힘든데?'라고 생각할까?

"알카소가 알루만에게 말하면 알루만은 알카소를 극도로 경계하고 그를 찍어 내려고 할 겁니다. 현시점에서 가장 위험한 사람이 바로 알카소이니까요."

다른 형제나 친척도 많지만 믿을 만한 사람이 없다. 친척들은 대부분 가택연금 상태로 가두어 둔 상황이고 형제들은 대부분 배다른 형제거나 해서 믿을 사람이 별로 없으니까.

그나마 알카소는 친동생이기에 국방부 장관 자리를 준 거다.

"하지만 알카소가 미국의 지원을 받거나 한다면 이야기는 달라집니다."

왜냐하면 알카소의 경우는 사회적인 경험이 전혀 없는 왕가 출신이기에 컨트롤할 수 있는 거지, 그가 제대로 계승 위를 노리기 시작하면 가장 믿을 수 없는 놈이 되기 때문이다.

왕에게 가장 위험한 놈이 누굴까?

외부의 암살 세력? 아니면 적성 국가?

애석하게도 현대사회에서 가장 위험한 대상은 차기 권력자인 경우가 많다.

"더군다나 알카소는 알루만의 친동생입니다. 예전 기준으로는 후계 순위 1순위라는 거죠."

"네, 거기다가 우리는 과거의 전통이라 이야기했지만……."

"그걸 어떻게 해석할지는 당사자의 선택이니까요."

'옛날에 그랬으니까 당연히 그럴 거다. 그러니까 우리는 당신과 친하게 지내고 싶다.'라는 수준의 의견 표명이지만, 이게 까딱 잘못하면 '우리는 당신이 현 왕세자를 밀어내고 자리를 차지한다고 하면 지지할 겁니다.'라고 말하는 것과 동일한 말이 될 수 있다.

"그러니 알카소는 절대로 말하지 않을 겁니다."

알카소는 절대로 무슨 일이 있어도 알루만에게 이번 일에 대해 말하지 않을 거다. 대신에 아마 머릿속에서 온갖 복잡한 생각을 하고 있을 것이었다.

⚖️

"그래서, 무기를 중고로 구입하고 싶다고?"

"그렇습니다."

"곤란하군. 허락할 수 없다."

"하지만 형님, 어차피 창고에서 썩어 가는 무기들입니다.

우리가 그걸 중국이나 러시아에 넘길 수도 없고."

"멍청한 놈. 그러니까 네가 아직도 그 꼴인 거야!"

알루만은 동생을 마구 다그쳤다. 자신은 미래를 위해 노력하고 있는데 동생이라는 작자는 멍청하기 그지없었으니까.

최소한 알루만에게는 그렇게 보였다.

"아레스 놈들이야 그렇다고 치자. 그놈들이 사는 건 한 줌도 안 되겠지. 그리고 살 수 있는 종류야 뻔하고."

전투기 같은 건 미치지 않고서야 운영이 불가능하다. 아레스에서 건십 계열을 운영하기는 하지만 어디까지나 아주 구형으로, 그나마도 도태되기 직전의 물건이다.

전투기는 최소 수십 대를 운영해야 제공권을 장악할 수 있는 물건이니까.

결과적으로 살 수 있는 건 지상 계열의 무기들뿐이다. 전차나 장갑차, 대전차미사일 같은 것 말이다.

"당장 아레스가 러시아에서 싸우는 것도 아니니 괜찮아. 그렇지만 미국은? 그 구형 무기들을 어디다 줄 것 같아? 당연히 우크라이나야! 우크라이나! 그러면 러시아가 뭐라고 하겠느냐!"

"하지만 형님, 우리가 러시아의 속국도 아니고……."

"말조심해! 그러면 우리가 미국의 속국이냐?"

"……."

"그리고 우리가 무기를 팔았을 때 추가 구입은?"

"그거야 유럽이나 다른 곳에서 사면⋯⋯."

"러시아-우크라이나 전쟁이 무기를 죄다 빨아먹고 있다는 거 몰라!"

그 말에 알카소는 말을 못 했다.

"애초에 생각해 봐라. 미국이 왜 우리한테 재고를 팔라고 하겠어? 미국도 지금 무기가 급하기 때문이야. 그런데 그걸 알면서도 너는 우리 무기를 미국에 넘기자고?"

"죄송합니다."

"더군다나 미국은 우리한테 F-35를 팔지 않겠다고 했다. 그러면 다른 무기는 팔 것 같아?"

당연히 팔지 않으려고 할 거다. 그런데 유럽제 무기들은 미국제 무기들에 비해 성능이 떨어진다는 이미지가 현실적으로 분명 있다.

"우리가 자주국방을 해야 한다는 걸 잊은 거냐!"

이제 미국의 그늘에서 벗어나야 한다. 그렇게 생각하는 알루만이다.

그리고 그게 틀린 말은 아니다. 스스로 지키지 못하는 나라는 대부분 오래가지 못했다.

"아레스 놈들도 믿을 수 없어. 과연 미국이 우리를 지켜 줄까? 물론 현재는 그러겠지. 하지만 미래는 알 수 없어. 우리 스스로 지킬 힘을 가지고 있어야 한단 말이다!"

"네, 형님."

"쯧쯧, 저 멍청한 걸 동생이라고."

알루만의 차가운 말에 알카소는 고개를 들지 못했다.

"아레스 놈들이야 어차피 우리를 지키는 용병이니 최소한의 지상 장비만 파는 걸로 끝내지만 미국에 재고를 판매하는 것은 불허한다."

"네, 형님."

결국 알카소는 욕이라는 욕은 다 먹고 나왔다. 그는 이를 뿌드득 갈며 굳게 닫힌 문을 노려보았다.

"아무리 형님이라지만……."

물론 이해는 한다. 알루만이 나라를 위해 일한다는 것도 안다. 미국 입장에서는 알루만이 천하의 역적이라고 느껴지고 골치 아픈 놈일지 모르지만, 사우디아라비아 입장에서는 나라를 바꿀 수 있는 기회라고 느끼는 것도 사실이다.

그러나.

"전부를 쥐고 나서 사람이 바뀌었어."

사실 그럴 만하다. 누구도 그에게 저항하지 못하고 그의 말을 따르고 있으니까.

더군다나 애초에 태클을 건 게 문제이긴 하나 사우디아라비아의 인권침해가 하루 이틀 문제도 아닌데 굳이 미국이 알루만의 행동을 언급한 건 그에 대한 압박도 있지만 동시에 그의 인권침해가 엄청나게 심해졌기 때문이다.

외부적으로는 여성에게도 기회를 주는 미래 지향적인 왕

세자이고 사우디아라비아를 이끌어 나갈 미래의 군주이지만 내부적으로는 자기편이 아니면 닥치는 대로 죽이는 폭군 중의 폭군이었다.

노형진은 그 사실을 알기에 그가 개혁 군주가 아니라 개혁이라는 가면을 쓴 독재 군주라고 이야기한 거다.

"그래도 차기는, 후우……."

하지만 그다음 말을 하려던 알카소는 순간 흠칫했다. 그러고는 다급하게 주변을 돌아봤다.

'아무도 없군.'

아차 하는 순간 나온 말이지만 그 자체로도 위험해질 수 있었다. 최악의 경우 알카소는 쥐도 새도 모르게 죽을 수 있었다.

그리고 그게 문제였다.

그간은 완전히 인식하지 못했던 위협. 그게 그를 점점 갉아먹고 있었다.

⚖️

그리고 같은 시각, 알루만 역시 동생이 나간 문을 노려보다가 자신의 자리에 앉아 있었다.

"저놈을 어떻게 해야 하나……."

많은 의미가 담긴 말이지만 그중에서 가장 큰 비중을 차지하는 것은 왕위 계승이었다. 알카소는 모르고 있지만 그의 사무실에는 비밀리에 도청 장치가 설치되어 있었다. 그리고 그 장치를 통해 엿들은 한마디는 알루만의 마음을 뒤숭숭하게 만들기에 부족함이 없었다.

미 정부 관료의 입에서 나온 후계에 관한 말.

비록 알카소가 불편해하면서 선 그은 덕에 사과받긴 했지만 그 말에 담긴 핵심은 틀리지 않았다.

전통에 따르면 알루만이 즉위한 뒤 왕위를 이을 사람은 알카소다, 알루만의 아들이 아니라.

알루만의 아들이 왕이 되기 위해서는 그가 했던 것처럼 형제들을 싹 죽여야 한다.

"끄응, 그렇다고 진짜로 죽일 수도 없고."

알카소를 죽이는 거야 어렵지 않다. 하지만 그는 왕세자지 왕이 아니다. 그렇다고 해서 지금 좌천시키거나 죽여 버리자니 아버지가 가만둘 리가 없다.

"망할."

알카소를 국방부 장관으로 임명한 건 자신의 생각이 아니었다, 아버지의 생각이었지. 그때는 어차피 자신이 왕세자고 미래의 왕이니 문제가 없다고 생각했기 때문이다.

"설마 아버지는 이걸 예상하신 건가?"

자신의 왕위를 동생들에게 주기 싫어서 알루만의 쿠데타를 도와 형제들을 정리했지만, 그렇다고 자식들끼리 권력으로 서로 죽고 죽이는 건 원치 않을 거다.

그래서 자신에게서 병권을 빼앗아 동생에게 준 게 아닐까 하는 생각이 들자 알루만은 돌연 숨이 막혀 왔다.

그 말은 까딱 잘못하면 자신도 교체될 수 있다는 말이기 때문이다.

"하지만 아무리 그래도 이대로 두고 볼 수만은 없어."

집에서 자신을 기다리는 두 왕자들을 생각하자 알루만은 왠지 가슴이 두근거렸다.

아마도 아버지도 이런 기분이리라. 그랬기에 전통에 따라 형제간의 왕위 상속을 이어 가라는 의미였을 것이다. 하지만…….

"내 자식이 왕이 되어야 해."

알루만은 절대로 형제에게 다음 왕위를 내줄 수가 없었다. 그의 아버지가 그랬던 것처럼 말이다.

"모두를 죽이더라도 말이야."

그렇게 중얼거리는 알루만의 눈에서는 광기가 번득거리고 있었다.

형제가 적이다

사우디아라비아는 미국의 동맹이다.

하지만 그 중요도 때문에 당연하게도 사우디아라비아에도 CIA가 투입되어 있었다. 그리고 그들은 온갖 방법을 이용해서 왕가를 감시한다.

당연하게도 그들이 얻은 정보들은 자연스럽게 노형진에게로 넘어올 수밖에 없었다. 이번 계획을 세운 게 노형진이니까.

"자둘라 왕의 얼굴이 좋지 않다고 합니다."

"자둘라 왕요? 아예 일선에서 물러난 걸로 알고 있었는데요?"

미국 대사관에서 머물던 노형진에게 제임스 차관보가 심각한 얼굴로 물었다.

"어디가 안 좋답니까?"

"그건 아닌 것 같습니다. 건강상의 문제는 전혀 없을 겁니다. 하지만 그제부터 얼굴색이 상당히 창백해졌다고 하더군요."

"얼굴색이 창백해졌다."

"아직 원인은 미상입니다만."

"멀리 갈 것도 없습니다. 아마도 알루만이 가서 대판 했을 테니까."

"네?"

"알루만이 알카소를 감시하고 있을 거라고 우리는 생각하죠. 안 그렇습니까?"

"그렇죠."

"그렇다면 당연히 알루만은 아버지에게 찾아가 자신 다음의 후계 문제를 따졌겠죠."

"아!"

"그리고 자둘라 국왕은 곤혹스러울 겁니다. 후계 문제가 너무 일찍 터졌으니까요."

"음……."

아마도 자둘라 왕은 제대로 된 답변을 내놓지 못했을 거다. 그의 입장에서는 둘 다 자신의 자식이며 그 아래에는 손주들이다. 자신이 어떤 방식을 원하느냐에 따라 그들의 목숨이 왔다 갔다 할 테고 최악의 경우 자신의 목숨마저도 위험할 수 있다.

모두를 숙청하고 권력을 잡은 알루만 왕세자다. 하물며 왕인 자신이 안전하리라는 보장은 없다. 그의 지원을 받아 왕세자의 쿠데타가 성공했다곤 하나, 이제 굴러가기 시작한 권력투쟁을 멈추는 것은 불가능하다.

"그러니 고민이 많을 겁니다. 전통적인 방식을 고수하는 건 자식이 원하지 않을 테고, 그렇다고 장자 계승을 원칙으로 삼으면 다른 자식들이 죽을 테고."

"잘 아시는군요. 민주주의국가에서는 겪어 보지 못한 일일 텐데."

흥미로워하는 제임스의 반응에 노형진이 어깨를 으쓱했다.

"한국은 과거에 조선이었죠. 그리고 조선은 왕정 국가였습니다."

"저도 압니다만 그래도 그게 벌써 100년도 전인데요?"

"하지만 조선의 기록은 그대로 남아 있습니다. 조선은 기록에 집착하던 나라거든요."

그랬기에 왕의 사소한 행동, 왕가 내부의 변동이 모두 사관에 의해 기록되어 있었다.

"조선 왕조 500년간 얼마나 많은 암살과 왕위 찬탈이 있었겠습니까?"

물론 대놓고 《조선 왕조실록》에 '암살했다.' 같은 말은 쓰지 않겠지만 기록을 보면 그걸 추론하는 건 어렵지 않다. 게다가 실제로 많은 학자들이 조선의 왕 중 상당수가 암살당했을 거라고 의견을 내기도 했다.

"심지어 조선은 철저하게 장자 원칙이 우선이었습니다."

장자가 왕세자가 되어서 왕위를 물려받는 게 원칙.

물론 상황에 따라 가령 왕세자가 반쯤 미쳤다거나 답이 없을 정도로 무능력한 경우에는 다른 왕자가 물려받기도 했지만 기본은 장자 계승.

"그런데도 그 지경인데 하물며 형제끼리의 왕위 계승이 문제가 되지 않을 리가 없죠."

노형진은 그렇게 말하며 코웃음을 쳤다. 그리고 그 말에 제임스는 떨떠름한 표정이 되었다.

그도 그럴 게 자신들은 개인의 행동 패턴 같은 것만 죽어라 팠으니까. 왕국인 시절이 전무하기에 알 수가 없었던 거다.

미국이 한때 왕정 국가였던 영국에서 독립한 나라이긴 하나 그 시절의 기록이 있을 리가 없고, 설사 기록을 영국의 협조하에 넘겨받는다고 해도 조선처럼 기록에 변태적으로 집착하지 않았기에 부실하기 그지없었다.

더군다나 현대에 존재하는 왕국들은 거의 대다수가 절대왕권이 아닌 입헌군주제를 유지하는 상황이고, 절대왕정 국가들은 사우디아라비아를 제외하고는 거의 신경 쓰지 않아도 될 만큼 약소국이기에 왕국의 이러한 내부 정치 상황에 대한 미국의 이해력은 바닥이었다.

그나마 이해하는 사람들도 절대왕권=독재라고 이해하는 수준이니까.

그러나 절대왕권과 독재는 정통성이라는 면에서 그리고 후계라는 면에서 비슷할 수가 없었다.

"그리고 알카소는 아버지에게 경고받을 겁니다."

아무리 자둘라가 알루만을 이용해서 쿠데타를 유도하고 권력을 잡았다 한들 자신의 아들들이 죽어 나가는 것을 원하지는 않을 테니까.

물론 둘 다 아들이다. 그렇기에 도리어 자둘라는 '서로 합의해서 좋게 좋게 살아가라.'라고 당부할 거다.

하지만 그건 화해하라는 뜻이 아니라 '조용히 형을 따라가라.'라는 의미일 게 분명했다.

"어떻게 확신하십니까?"

"자둘라 국왕은 단호한 사람입니다. 외부적 활동이 거의 없다지만 도리어 그렇기 때문에 독하다고 봐야지요."

사우디아라비아의 역사는 오래되지 않았다. 의외로 사우디아라비아는 1차대전 이후에 독립한 나라다. 정확하게는 1932년 건국되었다. 그런데 현 국왕은 벌써 일곱 번째 국왕이다.

형제 상속이라는 형태 때문에 왕이 자주 바뀌다 보니 그렇게 된 거다.

"그리고 그간 기록을 보면 말입니다, 왕들의 스타일을 알 수 있거든요."

그런데 자둘라는 외부에 이름이 자주 언급되지 않는다.

"생각해 보세요. 그는 국왕입니다. 그런데 왜 거의 왕세자에게 모든 걸 넘겨주고 뒷방 늙은이처럼 조용히 지내겠습니까?"

"음……."

"조용해서? 아니죠."

그런 타입이라면 쿠데타라는 극단적 선택을 통해 자식에게 왕권을 주려고 하지는 않았을 거다. 그러니 도리어 반대로 극단적이고 과감한 타입일 거다.

"그럼 설마 나이가 있어서 그런 걸까요? 아니, 그것도 아닙니다."

노형진의 말에 제임스는 바로 눈치챘다. 그 역시 정치판에서 닳고 닳은 인물이니까.

"후계자군요."

"맞습니다. 자둘라는 자신이 왕으로서 오래 지내지 못한다고 생각할 겁니다. 나이가 있으니까요."

그랬기에 차라리 자신이 모든 걸 뒤집어쓰고 차세대를 준비하겠다고 생각했을 가능성이 크다. 그리고 선택한 사람이 바로 알루만일 테고 말이다.

"심지어 알루만은 장남도 아니죠."

알루만은 엄밀하게 말하면 자둘라의 다섯째 아들이다. 그 위로 무려 네 명의 형이 더 있다. 그럼에도 불구하고 자둘라는 군이 알루만을 왕세자로 선택해서 쿠데타를 일으킬 수 있도록 지원해 줬다.

"음……."

"조선의 역사에도 이런 사람이 있었습니다."

"있었다고요?"

"태종이 그랬죠. 그는 외척이 왕권을 등에 업고 국정을 농단할 가능성이 있다고 생각해서 며느리가 되는 사람의 집안을 멸문시키다시피 했습니다."

"네? 그렇게까지 한다고요?"

"문제는 그런 일이 실제로 여러 번 벌어졌다는 겁니다. 다음 세대의 왕들은 그렇게 독하지 못했거든요."

자신을 기반으로 삼아 미래의 국왕을 키우겠다. 어지간히 독한 사람이 아니고서야 절대로 못할 일이다.

"그런데 과연 자둘라 국왕이 알카소를 밀어줄까요?"

만일 알카소에게 그만한 능력이 있었다면 아마 왕세자는 알루만이 아닌 알카소가 되었을 것이다.

그리고 알루만은 그런 선택을 한 국왕이 왕세자로 선택한 사람이니 형제 상속을 이어 갈 리 없다.

"그러면 의미가 없는 거 아닌가요? 알카소는 알루만을 절대 못 이깁니다."

"아니죠. 의미가 있죠."

물론 알카소는 알루만을 절대 이기지 못한다. 현 권력의 핵심인 두 사람이 손잡고 있으니까.

그렇지만 형제들은 어떨까? 그리고 권력을 잃어버린 친척들은 어떨까?

"알루만이 외치는 반미 정책에 반대할 수 있을 정도의 힘을 가지게 할 수는 있거든요."

"하지만 그게 문제군요, 알카소가 반기를 들려고 할지."

알카소는 분명 아버지에게 경고를 받았을 거다. 그런데도 그걸 거부하고 반기를 들려고 할까?

모든 사람이 다 패권이 넘치고 모든 사람이 다 욕망의 노예인 것은 아니다. 누군가는 그저 평온함을 유지하고 싶어 한다.

"그러니 다른 왕자들과 다른 왕가의 사람들을 만나서 설득해야지요."

"다른 왕가의 사람들?"

"네, 알루만이 모든 권력을 쥐고 있는 건 사실이죠. 그리고 자둘라가 그를 밀어주고 있고요. 그렇다면 다른 버려진 사람들은 어떤 기분일까요?"

누군가는 차라리 이렇게 돈 펑펑 써 가면서 편하게 살고 싶어 할지도 모른다. 하지만 누군가는 불만을 가질 거다. 부모에게 차별당하는 상황이니까.

"티끌 모아 태산이라는 말이 있습니다."

알루만파의 힘은 강력하지만 극소수가 집권하고 있다.

그에 반해 수십 년간 쌓여 온 친미파의 힘은 아직도 건재하지만 현실적으로 집결할 곳이 필요하다.

"알카소를 그 중심에 세우면 됩니다."

설사 그게 알카소가 원치 않는 것이라 하더라도 괜찮다. 그렇게 보이기만 하면 되니까.

그러면 알루만은 알카소를 죽여야 할 테고, 자연히 알카소는 어쩔 수 없이 싸워야 할 거다.

"권력의 이원화를 원하시는 겁니까?"

"그게 최선이죠. 솔직히 말해서 이제 와서 갑자기 알루만이 친중 친러를 포기하고 친미로 돌아설까요? 아니, 그런다고 한들 미국에서 그걸 믿어 주겠습니까?"

당연히 믿지 않을 거다. 그런 만큼 알카소에게는 선택지가 없다.

"그렇게 되면 도리어 자둘라가 알카소를 밀어줄 겁니다."

"네? 어째서요?"

"지금의 친중 친러 정책은 애매하지 않습니까?"

"아…… 하긴, 그렇군요."

친중 친러 정책은 알루만이 권력을 잡은 뒤로 계속 진행한 일이다. 그런데 그게 삐걱거리고 있다는 게 문제였다.

러시아가 우크라이나 전쟁에서 미친 듯이 갈려 나가고 있기에 친러 정책을 밀고 나갈 경우 얻을 수 있는 혜택이 거의 사라졌다. 전쟁이 끝나 봐야 알겠지만 현시점에서 러시아는 차세대 강대국으로서의 가능성이 많이 깎였다.

기술도, 인구도 모조리 갈려 나가고 있으니까.

그러면 남은 건 중국이다. 문제는 중국이 혼자서 미국을 상대할 수가 없다는 거다. 더구나 일대일로니 뭐니 하면서 몸집을 크게 불려 놨지만 그 한계에 부딪쳤다는 말이 계속 나오고 있다.

"자둘라 국왕은 독한 사람입니다. 그리고 똑똑한 사람이죠. 만일 친중 친러 정책이 틀렸다면 어떻게 할까요?"

"대응책을 만들어 두겠군요."

그리고 그 대응책은 미국과 친밀한 제3의 세력이다.

"어떤 나라든 한 나라와의 관계에 몰빵 해서는 좋은 꼴 못 봅니다."

자둘라도 그걸 알기에 알루만을 키운 거다.

그런데 알루만은 극단적 반미. 그렇다면?

"새로운 무게 추를 키운다 이거군요."

물론 알카소 혼자서는 안 된다. 하지만 다른 형제들과 함께라면 가능하다.

아무리 알루만이라도 형제들을 모조리 끔살 할 수는 없으니까.

자둘라가 용납하지도 않을뿐더러 그런 일을 저지르면 다른 왕족들이 가만있지도 않을 거다. 형제들을 죽인다는 것은 다른 왕족들도 죽일 수 있다는 가장 강력한 증거니까.

"그러니 우리가 약간의 자극만 하면 됩니다."

그리고 사우디 왕가의 사람들은 살기 위해 한데 모여들 것이 분명했다.

⚖️

　자둘라 국왕은 기분이 좋지 않았다. 알카소에게 엄중하게 말하기는 했으나 그 내면에 도사리는 불만을 모를 수가 없었기 때문이다.

　"차라리 알카소 왕자를 내치시는 게 어떻겠습니까?"

　자둘라 국왕을 평생을 보좌해 온 친구이자 부하인 아흐메드는 걱정스럽게 말했다. 다른 일이라면 모를까, 자식과 관련된 일이기에 강하게 말하기 곤란했기 때문이다.

　그러자 또 다른 비서관인 파이잘이 목소리를 높여 거칠게 항의했다.

　"안 될 말소리 말아요. 그러면 군권은 누가 휘두르게 될 것 같소?"

　"알루만 왕세자라면 충분히……."

　"누가 알루만 왕세자의 능력이 부족하답니까? 그의 능력은 모두가 인정하고 있습니다. 하지만 이제는 그게 문제예요. 이러다가 진짜로 미국과의 사이가 틀어지기라도 하면 어쩔 겁니까?"

　"어차피 미국은 우리한테 군사력을 밀어 넣을 수도 없습니다."

"하지만 쿠데타를 사주할 수는 있지!"

"그러니까 알카소 왕자를 내쳐야 한다는 겁니다."

"왕자가 한 명이오? 그런 식이면 왕자는 다 죽여야 할 거요. 알루만 왕세자 혼자서 모든 걸 다 하라는 소리요?"

"그만!"

계속되는 싸움에 결국 자둘라는 목소리를 높였다.

"알카소와 알루만은 뭐 하고 있나?"

"알카소 왕자는 아직은 조용합니다. 평소처럼 업무를 집중하고 있습니다."

그 말에 아흐메드가 조용한 목소리로 답했다.

"알루만 왕세자는?"

"알루만 왕세자는 미국에 항의해야 한다고 주장합니다만 일단은 어느 정도 진정된 상황입니다."

"그러면 일단은 상황이 수면 아래로 가라앉은 거군."

자둘라는 그렇게 말하면서도 한숨을 내쉬었다.

'미국 놈들을 너무 쉽게 생각한 건가?'

미국을 대상으로 중립적인 지위를 요구하면서 사우디아라비아의 패권을 늘리는 것. 확실히 그건 그가 원하던 영역이었다. 하지만 설마 미국이 후계 문제를 꺼내 들 줄은 몰랐다.

물론 지금 당장 후계 문제를 결정할 이유는 없다. 설사 그런다고 해도 그걸 왕자들이 받아들이지도 않을 거다.

물론 비공식적으로 알루만이 왕세자가 되면서 그가 차기

국왕이 되기는 했지만, 그래서 외부적으로 이제 부자 상속의
규칙을 세우겠노라고 말하기는 했지만…….

'그게 다 비공식이란 말이지.'

왜냐하면 그랬다가는 형제간의 투쟁이 시작될 게 뻔하기
때문이다.

이는 심각한 문제다. 이제까지 자식에게 왕위를 물려주고
싶은 사람이 그밖에 없었겠는가? 그런데 왜 형제간 상속을
통해 그에게까지 왕위가 내려왔겠는가?

이유는 간단하다. 아버지의 유훈 때문이었다.

자둘라가 사우디아라비아의 일곱 번째 국왕이지만 그 구
조상 그들의 아버지는 사우디아라비아를 개국한 초대 국왕
이다.

그런데 그의 아버지가 내려 둔 유훈이 골치 아팠다.

-모든 형제들이 다 죽기 전에는 자식에게 대를 넘기지 마라.

즉, 자신의 자식들이 우선이고 그다음이 손자라는 거다.

그런데 자둘라는 그걸 어겼다. 공식적으로는 동생들의 나
이가 많아서 더 이상 의미 없다고 말했다지만 아직 동생들은
버젓이 살아 있다.

즉 아버지가 남긴 유훈을, 그리고 전통을 완벽하게 무시한
거다.

그럼에도 불구하고 반발이 없었던 것은 공식적으로는 형제 상속이 없어지지 않았기 때문이다. 정확히는 그가 아예 입에 담지 않은 탓이었다.

그런 부정확한 상황이니 다들 형제 상속이 사라졌다고 예상은 하지만 공식화된 건 아니기에 뭐라고 하지 않은 거다. 알루만이 즉위한 뒤에 다른 형제가 왕위를 이어받을 수도 있으니까.

그리고 여기서 형제라는 건 단순히 왕의 자식의 형제만 뜻하지 않는다. 만일 그런 식으로 정해 놨다면 자둘라에게 왕위가 오기는 어려웠을 거다.

즉 아버지의 아래에서 태어난 형제의 아이들, 쉽게 말해서 알루만 기준으로 사촌들까지도 실제 왕위 계승권을 가지고 있었다.

다행히 그들 중 상당수는 쿠데타 당시에 부패를 약점으로 잡아서 축출하는 데 성공했지만, 그렇다고 해서 다 죽이거나 하지는 못했다. 사우디 왕가의 특성상 가족이 워낙 많아서 다 죽일 수가 없는 탓이다.

그나마 부패했던 형제들의 가족들은 모조리 제압했지만 현실적으로 그러지 못한 절대다수는 혹시나 하는 기대감을 품고 있는 게 사실이었다.

'사람이 없다는 게 문제야.'

사우디 왕가의 규칙상 모든 주요 관직은 왕가가 아니면 차지할 수 없다. 그러다 보니 그 자리를 차지한 왕자들도 다들 기대하면서 이쪽의 눈치를 살피고 있다.

'안 된다고 하면⋯⋯.'

그렇다고 그들이 일을 하지 않겠다고 버티지는 않을 거다. 하지만 많은 수가 아들의 반대파에 서게 될 거다.

'골치 아프군.'

자둘라는 속으로 쓴웃음을 지었다.

사실 그의 고민은 어떻게 보면 왕정제 국가라면 거의 빠짐없이 발생하는 것이었다.

그러나 그러한 문제를 합당하게 컨트롤하기 위해서는 그걸 지지할 수 있는 파워를 가진 존재, 즉 신하나 귀족이 있어야 하는데 사우디아라비아의 구조상 멀든 가깝든 결국 왕족이고 형제이자 사촌이며 동시에 경쟁자이다 보니 결론이 쉽게 나올 수가 없다는 게 문제였다.

'중국도 생각과 다르고 러시아는, 후우~.'

한국과 미국이 싸움이 붙으면서 자국이 잠깐 유리한 고지를 차지한 것은 사실이지만 그와 별개로 내부의 문제가 생길 거라고는 생각 못 했다.

"일단 알루만 왕세자의 계승권은 확고하니까 그 부분은 오해가 없기를 바라오."

"지당하십니다."

"그 부분을 그 누가 뭐라 하겠습니까?"

'문제는 차기 왕위 계승권이란 말이지.'

잘만 하면 내가 다시 한번 기회를 잡을 수 있다는 것과 아예 기회 자체가 없다는 것은 다른 이들 입장에서는 그냥 넘어갈 수 없는 일이었다.

"일단은 알카소 왕자더러 자중하라 하고 그 후의 문제는 나중에 이야기하기로 합시다."

결국 이 문제는 잠깐의 싸움으로 해결될 수 있는 게 아니었기에 자둘라는 떨떠름하게 말했다.

그러나 이미 미국은 빠르게 움직이고 있었다.

⚖

사우디아라비아는 권력 구조가 어떻게 되어 있느냐?

그건 간단하다. 바로 어머니를 중심으로 이루어진다.

그렇다고 해서 사우디아라비아가 여성 상위 국가거나 모계중심사회인 것은 아니다. 하지만 그 핵심이 될 만한 곳은 다름 아닌 어머니다. 왜냐하면 아버지는 죄다 왕이니까.

지금까지의 왕들은 모두 초대 국왕의 자식들이다.

그런 상황에서 아버지가 같다고 서로 으쌰 으쌰 하며 힘을 합해서 사우디아라비아를 일으켜 세우려고 했을까?

그럴 리가 없다.

인간은 서로를 구분하려고 하고 그 과정에서 집단을 이루려고 한다.

한국대조차도 한때는 한국대라는 것 자체에 대해 자긍심을 가졌지만 어느 순간부터인가 학과별로 구분하기 시작했고, 나중에는 그걸로도 부족해서 출신 고등학교별로 나눠서 경쟁하고 권력투쟁을 했다.

졸업하면 거의 볼 일이 없는 학교조차도 그럴진대 하물며 왕권은 어떨까?

당연하게도 자기들끼리 공유하는, 배신할 수 없는 뭔가를 찾으려고 한다. 권력은 강하고 그걸 가질 사람은 한정되니까.

그리고 그게 바로 어머니였다.

비록 어머니는 사우디아라비아의 특성상 어떤 권한도 없다지만 그 아들들은 왕가로서 권력의 핵심에 있기 때문이다.

이슬람 문명권인 사우디아라비아는 일부다처제를 추구하는 데다가 아이도 많기에 그런 과정이 더더욱 복잡했다.

"조선에서 외척 때문에 나라가 뒤집어진 게 한두 번이 아니라고 했죠? 지금 상황에서 사우디아라비아는 말입니다, 외척의 끝판왕이에요. 그리고 그건 인정하시죠?"

"부정은 못 하겠군요."

제임스는 고개를 흔들면서 한숨을 쉬었다.

실제로 사우디 왕가는 파워 게임이 아닌 어머니의 가문에 따른 파벌 싸움에 따라 권력관계가 형성되어 있었다.

본래는 세 개 정도의 파벌이 꽉 잡고 있었는데, 그중 자둘라의 외척은 힘이 약했다. 그랬기에 자둘라가 왕권을 강화하면서 부패를 핑계로 그 세 개 파벌을 날려 버린 거다.

"그리고 그들이 빠진 지금은 다른 집안들이 그 자리를 차지하기 하기 위해 노력 중이죠."

노형진은 싱글벙글 웃으며 제임스에게 물었다.

"그렇다면 우리가 공략해야 하는 대상은 누구겠습니까?"

"외척이겠군요."

"맞습니다. 정확하게는 왕자들의 어머니들이라고 봐야죠."

아무런 권력을 가지지 못했지만 왕자들의 어머니이기에 강한 권력을 가지게 되는 거다.

"잘 아시는군요."

"조선이 그랬으니까요."

왕비들이 강력한 권한을 가진 게 아니다. 도리어 외척을 두려워하는 조선 왕실의 특성상 까딱 잘못하면 일가가 목이 날아가기도 했다.

"그런데 결국 그게 핵심인 거죠."

결혼하고 외척을 이유로 그 집안을 풍비박산 낸다는 것은 그만큼 외척의 파워가 위험하다는 뜻이다.

"우리가 알카소를 지원하고 싶다 해도 직접적인 지원은 힘들 겁니다. 하지만 외척들, 정확하게는 소외된 외척들은 가능하죠."

그들을 만나서 자둘라에 대한 지지를 요청하면 그들은 어떻게 할까?

당연하게도 자신들의 이익을 따지기 시작할 거다.

"그런데 현실적으로 알루만은 도움이 될 게 없거든요."

알루만은 강력한 중앙집권을 꿈꾸고 있다. 그리고 그런 경우 외척의 파워는 당연히 줄어든다.

모든 왕정 국가가 그랬다. 권력의 파이는 절대적인데 중앙집권을 이룩하려면 남들의 파워를 빼앗아 오는 게 방법이니까.

그리고 사우디아라비아는 정확히 그 과정을 밟아 가고 있다.

"그러니까 이쪽에서 외척들을 자극해서 모이게 하는 겁니다."

"저희는 한 번도 생각해 본 적이 없어서……. 그게 가능합니까?"

"한 번도 왕정 국가와 정치 싸움을 안 해 보셨으니 그렇죠."

노형진은 피식 웃으며 말했다.

그러나 제임스는 여전히 혼란스러워 보였다.

"하지만 영국과는……."

"영국은 입헌군주제 국가 아닙니까? 국왕이 있지만 사실상 정치적 싸움은 왕이 아닌 국회의원과 총리가 하죠."

하지만 사우디 같은 곳은 다르다. 좋게 말하면 집안싸움, 나쁘게 말하면 외세를 끌어다가 싸우는 일이 빈번하다.

"더군다나 지금 알루만 왕세자는 친중 정책을 우선시하고 있으니까요."

친미 정책을 가진 기존 세력을 모으는 건 어렵지 않을 거다.

"하지만 그걸 어떻게 모으시려고요? 저희들이 찾아갈 수는 없습니다. 사우디아라비아 정부에서 상당히 불편해할 겁니다."

그 말에 노형진이 고개를 흔들었다.

"이럴 때는 말입니다, 도리어 감추는 게 하책입니다."

"하책이라고요?"

"감추면 음험한 짓을 하고 있다고 믿거든요. 그러나 반대로 드러내면 견제하려고 하죠. 그리고 견제당하면 사람들은 모이기 마련입니다."

그랬기에 노형진은 새로운 계획을 세운 상황이었다.

"친미 성향의 왕자들과 집안을 초대해서 파티를 여세요."

"대놓고 말입니까?"

"때로는 대놓고 해야 상대방이 겁먹게 만들 수 있습니다."

노형진은 그렇게 말하면서 어깨를 으쓱했다.

"쉽게 생각하시면 됩니다. 정치적인 항공모함을 보낸다고 생각하시면 됩니다."

"정치적 항공모함이라……."

제임스는 그 말에 쓰게 웃었다. 틀린 말은 아니었으니까.

⚖

사우디아라비아의 미 대사관은 아주 넓다. 그리고 화려하다. 지금이야 소원하다지만 한때 미국 제1의 우방이었기 때문이다.

그랬기에 수천 단위의 사람들을 초대하기에는 충분한 공간이 있었다.

"오, 반갑소. 환경부 차관을 맡고 있는 나덴이오."

"이게 누구야? 형제여, 이게 얼마 만인가?"

"어머니, 그간 잘 지내셨습니까?"

"아버님, 건강은 어떠신지요?"

당연하게도 미국 대사관은 친미 성향의 인물들에 대한 정보를 가지고 있었다. 정치인이나 사업가 또는 지역 토호까지 말이다.

그리고 그렇게 모여든 그들은 하나같이 놀라워하는 표정을 지었다.

"다들 어떻게 지내고 있는 겁니까?"

"그야, 정신이 없지요."

"저는 뭐, 그냥……."

다들 말하면서도 왠지 조심하는 눈치였다. 당연하다. 가문의 주요 인원들이 한꺼번에 부패 혐의로 우르르 잡혀 들어갔으니까.

물론 그들은 공직에 있던 사람들이지만 그렇지 않다고 해도 조심할 수밖에 없었다.

"엄청나게 많군요."

    제임스는 여기저기 인사하고 다니는 사람들을 보면서 혀를 내둘렀다.

    "사우디아라비아는 생긴 시점부터 계속 친미 국가였습니다. 그러니 그들의 숫자가 적을 리가 없죠."

    "그런데 왜 저리들 놀라는 눈치죠?"

    "슬슬 저들도 상황을 눈치챘을 테니까요."

    여기에 모인 사람들이 다 친미 성향의 인물이라는 걸.

    "그래도 놀라는 건 이해가 되지 않는데요?"

    "모인 적이 없을 테니까요."

    "네?"

    "사람들이 사회적으로 뭔가를 이루고자 할 때 가장 먼저 해야 하는 건 자신의 세력을 확인하는 겁니다."

    그런데 딱히 반역의 의사가 있는 것도 아니고 그렇다고 해서 국가를 전복하고 싶은 것도 아닌 데다가 서로 친척이니 모여서 음험한 이야기를 할 일도 없다.

    "더군다나 사우디아라비아는 이슬람 국가니까요."

    한국이나 미국이라면 친척들끼리 술이라도 마시면서 놀겠지만 애초에 이슬람 국가에서는 술도 못 마시니까 그마저도 없다.

    물론 만나서 차를 만나면서 수다를 떠는 게 문화이기는 하지만 이렇게 거대한 파티를 여는 문화는 없다.

    "그러니 놀랄 수밖에요."

파티가 놀라워서?

아니다. 누가 봐도 친미 성향의 사람들을 모아 놨을 텐데 그 규모가 엄청나게 크니까 놀라는 거다.

"그리고 나름 머릿속이 복잡하니까 저러는 것도 있을 테고요."

아무리 호의를 품고 있어서 왔다지만 이 정도 되는 숫자의 사람들을 모으는 건 쉬운 일이 아니다.

그런데 심지어 누가 봐도 친미 성향의 사람들을 모아 놨으니 이 사실을 사우디 왕가나 외척 세력의 사람들이 모를 리가 없다.

당연히 다들 많은 생각과 많은 걱정을 하게 되는 거다.

미국이 우연하게 그들을 부를 수는 없는 일이니까.

"상당히 혼란스러워하는군요."

아무리 그들은 서로에게 인사하고 반가워하고 있지만 그 내면의 혼란을 감출 수는 없다. 그들 모두 현 국왕인 자둘라와 왕세자인 알루만이 반미 정책을 짜고 있다는 걸 알고 있기 때문이다.

"하지만 두려워하지는 않죠."

동시에 그들의 눈에는 두려움이 별로 없다.

"왜죠?"

"숫자 때문입니다."

"숫자?"

"아무리 알루만이 권력을 잡았다지만 사우디아라비아는

아직 중앙집권이라고 보기에는 애매한 구조입니다."

의외로 중앙집권 방식의 왕정 국가는 국왕과 왕세자를 제외한 모든 사람들이 왕정에서 배제된다. 왜냐하면 왕가의 사람들이 왕국의 행정에 대해 배우면 반역할 꿈을 꾸기 때문이다.

실제로 조선 왕실에서 왕가의 사람은 왕친으로서 녹봉이 나오지만 국가의 업무는 절대 볼 수 없었다. 이는 조선뿐만 아니라 절대왕정 국가의 절대다수가 동일했다.

"그런데 사우디아라비아는 다르죠."

자식을 사랑한 건지, 아니면 왕가의 권위를 유지하기 위함인지는 몰라도 왕가가 아니면 아예 국가 행정 수반이 될 수가 없었다.

"실제로 사우디 왕가의 왕들이 짧은 기간에 계속 바뀌었음에도 불구하고 국가가 안정적으로 운영된 건 그들 모두 국가 운영의 경험이 있기 때문입니다."

"그런가요?"

"네, 그렇기에 그러한 비중앙집권적인 형태에서 단순히 모였다는 이유만으로 자둘라 국왕이나 알루만 왕세자가 이들을 죽일 수는 없습니다."

더군다나 지금 반미라는 것이 과거를 기준으로 반미인 거지, 사실 다른 나라 기준으로는 상당히 중립적인 운영을 하려고 노력하는 것에 가깝다.

그런데 단순히 미국의 초청에 응했다는 이유로 모조리 죽여 버린다? 제아무리 자둘라라도 절대로 그럴 수는 없다.

"더군다나 사우디에서 왕가의 재산은 왕가의 재산이고, 왕의 재산은 왕의 재산이고, 세자의 재산은 세자의 재산이죠."

"무슨 말씀이신지?"

"현재 사우디아라비아의 운영은 절대왕정보다는 사우디아라비아라는 기업에 가깝다는 뜻입니다."

전 세계에서 가장 많은 돈을 가진 사람을 뽑으라고 하면 거기에 노형진도, 자둘라도 들어갈 거다. 그리고 알루만도 들어갈 테고 말이다.

하지만 가장 많은 돈을 가진 '집단'이라면?

부정할 수 없는 1등은 바로 사우디아라비아 왕가다.

"즉, 국왕과 알루만이 사우디의 막대한 돈을 좌지우지할 수는 있겠지만 그 전부가 그들의 돈인 것은 아니라는 거죠. 기업에서 대표가 자금에 대한 사용 결정권을 쥐고 있지만 전부가 회장의 돈인 것은 아니지 않습니까?"

"그건 그렇죠."

당연하게도 아무리 사우디아라비아 왕가라도 돈을 사용하기 위해서는 가문의 사람들의 동의를 얻어야 한다.

'유민택 회장이 대룡에서 가문의 파워를 덜어 내려고 얼마나 고생했는데.'

대룡 초기에 큰 투자를 한 유씨 가문은 어느 틈엔가 부패해서 내부를 갉아먹고 있었기에 유민택은 어쩔 수 없이 그들을 박멸하기 위해 노력해야 했다.

하물며 기업도 그런데 왕국은 어떨까?

"잡혀 들어간 사람들은 부패 혐의라도 있죠. 여기 있는 사람들은 그것도 없습니다."

"아아~."

그런 상황에서 자둘라와 알루만이 이들을 죽이려고 한다거나 퇴출시키려고 한다? 그러면 이들은 하나로 똘똘 뭉쳐서 저항하려고 몸부림칠 거다.

"아무리 왕가의 파워가 세다지만 그건 어디까지 국민이 대상일 때의 이야기니까요."

같은 왕가 사람끼리는 그 한계가 명확하다. 당장 알루만 왕세자만 해도 그렇다. 쿠데타를 성공시켰으면서 왜 그 가족들을 죽이지 않고 호텔을 통째로 빌려서 교도소처럼 쓰고 있겠는가? 그들이 무서워서?

아니다. 그들의 재산은 빼앗았지만 그들의 혈통이 문제가 되는 거다.

왕가의 사람을 죽일 수 있다는 것을 외부에 보여 줄 수도 없거니와 까딱 잘못하면 가문의 돈을 노리고 가문 사람을 학살한다는 의심을 받을 수도 있기 때문이다.

소수의 충성파와 다수의 방관자들. 그게 현재 사우디아라비아의 권력 구조다.

"그래서 조용히 모이는 게 아니라 대놓고 모여야 한다고 하신 거군요."

"맞습니다. 만일 조용히 모였다면 아마도 알루만 왕세자는 어떻게든 제압하려고 하겠지요."

한 집안씩 또는 한 사람씩 제압하면서 자신의 권력을 확고하게 하고자 했을 것이다. 하지만 이렇게 대놓고 모이면?

당연히 누구를 공격하든 여기에 모여 있던 모든 사람의 공격이 되기에 그 누구도 공격하지 못한다.

그리고 그 사실을 사람들이 알게 되는 경우 더더욱 과감하게 말하고 자들라 국왕과 알루만 왕세자에게 저항할 수 있게 되는 거다.

"국왕과 왕세자가 가장 알려 주고 싶지 않은 부분을 알려 주기 위해 초대하라고 한 겁니다."

물론 저들이 워낙 부자다 보니 저들의 취향에 맞는 파티를 준비하는 건 쉬운 일이 아닐 거다. 하지만 뇌물을 주는 것보다는 훨씬 싸게 먹힐 거다.

"그리고 이제 다른 사람을 소개해 주면 되는 거죠."

그 순간 스피커에서 입장하는 사람에 대한 안내가 들렸다.

"알카소 왕자님께서 도착하셨습니다."

그 말에 한순간 침묵이 흐르면서 자연스럽게 모두의 시선이 입구로 향했다. 그리고 문이 열리면서 알카소가 천천히 안으로 들어왔다.

"오랜만입니다, 형제들이어."

그는 너무 많은 시선에 순간 흠칫했으나 이내 미소를 지으면서 걸음을 옮겼다.

"반갑습니다, 알카소 왕자님."

"실로 오랜만에 뵙습니다."

아직은 이 모임의 목적을 눈치채지 못한 일부 사람들은 아무 생각 없이 인사했지만 대부분은 고민하는 얼굴로 아무런 말도 하지 못했다.

그도 그럴 게 알카소와 알루만의 사이가 틀어지고 있다는 사실을 알고 있으니까.

더군다나 왕궁에 있는 사람이 한둘이 아니니 자둘라가 그런 알카소에게 은근한 압박을 가했다는 것도 알 만한 사람들은 다 알 거다.

정작 알루만 왕세자는 여기에 없는데 알카소 왕자가 왔다?

그 말은 까딱 잘못하면 알루만을 배신하고 알카소에게 줄선 것으로 보일 수도 있는 일이기에 아주 친하거나 생각이 없는 사람이 아니라면 조심할 수밖에 없다.

"대사님은 뭐 하십니까?"

"연락받으셨으니 들어오실 겁니다."

그리고 그 말이 끝나기 무섭게 모습을 드러내는 반백의 남자. 다름 아닌 주 사우디아라비아 미국 대사였다.

"오, 알카소 장관님. 오랜만에 뵙습니다."

"오, 허튼 대사님. 이렇게 초대해 주셔서 감사합니다."

"우리 미국과 사우디아라비아의 관계를 위해 더 자주 모셨
어야 하는데……. 죄송합니다."

"아닙니다."

허튼 대사와 알카소는 서로를 마주 보며 웃고 있었지만 주
변의 표정은 복잡했다. 왜냐하면 허튼 주 사우디아라비아 미
국 대사는 자신들을 초대한 장본인이지만 지금까지 얼굴을
비치지 않고 있었으니까.

그런데 알카소가 오자마자 튀어나와서 인사했고, 여기에
는 알루만이 없다.

그 의미는 명확하다. 미국은 알카소를 지지한다는 거다.

아무리 친미 성향이 강하다 해도 이게 무슨 상황인지 모르
지는 않을 거다.

"사우디아라비아 왕가는 아직 내부 정치질이 얼마나 무서
운지 모르는 모양입니다."

노형진은 서로 반갑게 인사하는 알카소와 허튼 대사를 보
며 피식 웃은 뒤 손에 든 주스를 입으로 가져가면서 작게 중
얼거렸다.

"《조선 왕조실록》을 보면서 많이 배워야겠네요, 후후후."

적과 아군

알카소의 등장. 그리고 친미 성향의 왕족과 외척의 집결.
그 상황을 자둘라와 알루만이 모를 수가 없었다.

당연하게도 그들은 극도로 분노하면서 길길이 날뛰었다.

"지금 그놈들이 모였다고? 우리에게 반기를 드는 거야!"

자둘라는 극도로 분노해서 목소리를 높였다. 평소 온화한
왕이라 불리는 그지만 이번만큼은 화내지 않을 수가 없었다.

"그건 아닐 겁니다. 몰래 모이는 게 아닙니다. 미국에서
정식으로 초청한 거고……."

보고를 하는 직원도 곤혹스럽다 보니 말을 흐렸다.

반기를 들었다고 보고하자니 왕가가 반역한다는 소리고,
안 했다고 하자니 왕세자가 길길이 날뛰는 게 눈앞에서 보이

니 어느 쪽에 붙어야 자기 목숨줄이 이어질지 감을 잡을 수가 없었기 때문이다.

"정식으로 초청받았다 해도 가질 말았어야지!"

하지만 알루만은 그런 부하의 기분은 중요하지 않았다. 자신에게 감히 반기를 드는 행동을 한다는 것 자체가 무척이나 화가 날 뿐이었다.

그간 자신의 눈치만 살피던 놈들이 모여서 이야기를 나눴다는 것, 그 자체가 문제다.

그들이 모이는 시발점이 생겼다는 것 자체가 권력자에게는 두려움의 대상이니까.

"게다가 하필이면 알카소가 거기에 갔으니……."

알루만만 화를 내는 게 아니었다. 국왕인 자둘라 역시 반기를 드는 놈들이 있다는 사실에 속에서 분노가 끓었다.

그놈들이 누구던가? 자신이 숙청한 놈들의 잔당이나 마찬가지 아니던가? 그저 권력이 약하든가 아니면 외척인지라 손대지 않았을 뿐이었다.

그런데 모였다? 이는 자신에게 이빨을 드러내는 행위라고 그는 생각했다.

더군다나 그곳에서 가장 환대받은 게 다른 사람도 아닌 자기 아들인 알카소다. 이건 대놓고 미국이 알카소를 밀어주겠다는 의미밖에 안 된다. 그리고 잔당 놈들이 거기에 달라붙는 거고 말이다. 국왕 입장에서 그건 절대 좋은 상황이 아니

이것이 삶이다

었다.

"이 교활한 놈들이……!"

자둘라는 너무 화가 나서 지금이라도 당장 그들을 죽이고 싶었다.

"아버지, 진정하세요. 아버지가 무슨 생각을 하시는지 알지만 진짜로 그럴 수는 없습니다."

그런 자둘라를 알루만이 말렸다.

"그들을 죽이는 건 미국과 전쟁하자는 소리입니다."

그들이 모여서 국가 전복을 시도한 것도, 그렇다고 반기를 들 만한 이야기를 한 것도 아니다. 은밀한 이야기를 나누려고 한 시도도 없었다. 그저 평소 다른 파티들처럼 먹고 마시면서 즐겼을 뿐이다.

그런데 그것만으로 그들을 말살한다는 것은 미친 짓이나 다름없다.

"만일 그걸 핑계 삼아 죽이려고 하면 도리어 우리가 밀려날 겁니다."

친중 친러 정책으로 중립을 지키자고 설득해서 권력을 잡은 게 자신들이다. 비록 친중이냐 친러냐 아니면 친미냐의 차이는 있지만 모두 다 사우디아라비아의 왕가의 사람들이고 그들은 각자 나름의 방식으로 나라를 위하니까.

"그런데 저희가 그들을 싹 다 죽이면 어떻게 되겠습니까?"

"으음……."

그때는 사우디아라비아의 중립이 아닌 자신들의 권력을 위해 왕가의 사람들을 싹 다 죽이려 한다고 믿게 될 거다.

"우리는 그들과 싸워서 이길 수 없습니다."

왕가는 수십 명 단위가 아닌 수백 명 단위다. 더군다나 그들에게는 각각 외척이 있다. 그 말은 그들이 싸워야 하는 대상이 최소 추천 수천 명 이상이며 최대 수만 명이 될 수도 있다는 뜻이다.

더군다나 가장 큰 문제는 그들이 가진 돈이다.

그들은 가난한 사람이 아니다.

사우디아라비아는 극단적 소수가 부의 절대다수를 쥐고 있다. 만일 문제가 생긴다면 그 돈으로 너도나도 용병을 사서 서로 치열하게 싸우기 시작할 거다.

"그러면 나라가 무너집니다."

그 기회를 중국과 러시아 그리고 미국이 놓칠 리가 없으니 서로 사우디에서 패권을 쥐기 위해 자기네 파벌을 밀어주기 시작할 거다.

그리고 그건 곧 내전의 시작을 의미한다.

"크윽."

알루만의 말에 자둘라는 얼굴이 완전히 구겨졌다. 알루만의 말은 틀리지 않았으니까.

수십 년째 세계 곳곳에서 그런 패권 경쟁이 계속되고 있었고, 그럴 때마다 그 나라에서 내전이 터졌다.

그 사실을 잘 아는 자둘라 입장에서는 심장이 덜컥 내려앉는 소리였다.

"내전이라고? 설마."

"하지만 아시지 않습니까? 미국도, 러시아와 중국도 우리나라를 포기하지 않을 겁니다."

그들의 용기는 가상하다. 그리고 틀린 건 아니었다. 어떤 나라든 자국은 중립을 지키면서 국력을 키우고 싶어 한다.

그건 소위 친미라고 불리는 나라들도 마찬가지고 미국의 1급 동맹, 소위 혈맹이라고 불리는 영국이나 프랑스조차도 마찬가지였다.

그런데 그들이 왜 그런 걸 쉽게 하지 못하느냐? 어렵기 때문이다.

중립이라는 건 극도로 힘든 외교적인 행위다. 그런 상황을 유지하기 위해서는 능력이 되어야 한다.

그리고 자둘라와 알루만이 실수한 것은 자신들이 그렇게 할 수 있다고 착각한 것이었다. 돈의 힘이 워낙 강하다 보니 될 거라 생각한 것이다.

하지만 그게 그들의 실수였다. 돈은 강력하지만 정치적 압력에 한계가 있다.

더군다나 왕가만이 외교 업무를 할 수 있는 구조적 특성상 그런 중립적 정치 노선을 유지할 수 있는 능력을 가진 사람이 많지 않았다.

그래서 그들이 잘못된 판단을 한 거다, 지금까지 친미를 했으니까 이제부터 반미로 전환하면 중립이라는.

하지만 그건 중립이 아니다. 그저 반미일 뿐.

"그러면 어떻게 해야 하나?"

"일단은 우리가 그들을 만나서 설득해야 합니다."

"설득?"

"네, 미국의 손아귀에 놀아나서는 안 된다고 말입니다."

"끄응, 미국 놈들. 마음에 안 들어."

자둘라는 알루만의 말에 눈을 찡그렸다. 하지만 그들에게 는 선택지가 없었다.

그러나 그들은 몰랐다. 이미 함정에 빠졌고 함정은 한 개 가 아니라는 걸 말이다.

⚖

사우디아라비아의 모처.

은밀한 공간에서 알카소는 노형진과 제임스를 만나고 있었다. 그런 그의 눈에는 걱정이 가득했다.

"당신들이 원하는 대로 되었구려. 나를 가만두면 안 되는 거였소?"

"죄송합니다만 저희가 놔둔다고 해도 왕자님의 자리는 오래가지 못할 겁니다. 아시지 않습니까?"

"끄응."

"이미 들으셨을 텐데요? 자둘라 국왕 폐하는 알루만의 혈통에만 왕권을 넘기실 겁니다."

"그러시겠지."

"그리고 슬슬 왕가의 힘을 **빼실** 테고 말입니다."

"그건……."

"이미 아버지의 유훈을 한 번 어겼는데 두 번을 못 어기겠습니까?"

"……."

사우디아라비아의 초대 국왕의 유훈 중에는 유명한 게 몇 개 있다. 첫 번째, 내 아들들이 다 죽기 전까지는 왕위 계승을 다음 대로 넘길 수 없다.

물론 이걸 완벽하게 어긴 건 아니다. 하지만 그럼에도 불구하고 사실상 어겨진 게 확실시되고 있다. 왜냐하면 자둘라는 알루만에게 왕위를 계승하기로 천명했기 때문이다.

당연하게도 자둘라의 형제들은 그냥 나가리 되는 거다.

그리고 두 번째는 사우디아라비아의 주요 자리를 왕가가 독점해야 한다는 것이다.

실제로 그렇게 함으로써 국가에 대한 지배력을 확고히 하고 왕가의 안전을 보장할 수 있었다.

'하지만 그로 인해 경쟁이 가능한 대상들이 늘어났지.'

그렇기에 중앙집권을 강화하기 위해 자둘라와 알루만은

자기네 왕가 사람들의 힘을 빼야 한다.

'이건 거부할 수 없는 역사거든.'

자국만 생각하는 사우디아라비아 왕가에서는 나름 머리를 쓴 것이겠지만 전 세계 어디에서나 비슷한 역사를 가지고 있다.

처음에는 친척들 또는 부족들끼리 돌아가면서 왕을 하다가 한쪽의 파워가 세지면 나머지를 제압하고 왕권과 혈통제를 강화한다. 그건 역사에서 부정할 수 없는 만고불변의 진리였다.

사우디아라비아는 그걸 모르고 자기들이 특별히 대단하다고 생각했을지 모르지만 말이다.

"아마도 다음에는 다른 왕가들이 자리를 차지하는 걸 막을 겁니다. 실제로 제한이 조금씩 풀리고 있지 않습니까?"

국가의 주요 직위는 왕가 사람이 아니면 할 수 없다. 그러나 지금 그건 반쯤은 유명무실해졌다.

물론 장관급은 아직까지 왕가 사람만이 맡을 수 있지만 차관급부터는 점점 외부 인원이 늘어나고 있다.

"그게 과연 우연일까요?"

그러나 알카소는 여전히 동의하기 어려운 표정이었다.

"하지만 아버님께서는 왕가의 사람들에게 많은 혜택을 주고 계시오. 그런 분이 어찌……."

"아, 그것도 계획입니다."

"계획이라고?"

"가만히 먹고 마시며 놀 수 있는데 누가 일하려고 하겠습니까?"

당연히 극소수의 사람들을 제외하고는 그저 지금을 즐길 뿐이다.

"그러니 그 극소수는 그만큼 권력에 대한 욕심과 집착을 가지고 있겠죠. 안 그렇습니까?"

그 말에 알카소는 부정을 못 했다. 그래서 그도 국방부 장관을 하는 거니까. 자둘라의 자식이 한둘도 아니고 알루만 위에도 형이 있지만 그들 중 뭔가를 해 보겠다고 나서는 사람은 극소수다.

'그래서 내가 당신은 고른 거고.'

노형진이 수많은 왕자 중에서 굳이 그를 노린 이유는 간단하다. 그가 가장 권력에 대한 욕심이 강하니까.

물론 쿠데타를 일으켜서 형과 아버지를 제거할 정도의 인물은 아니지만 최소한 무게 추로써는 충분히 기능할 만한 사람이다.

"아무리 그래도……."

"아무리 그래도, 가 아니죠. 노력도, 경력도 없는 사람을 과연 국가의 주요직에 앉힐 수 있겠습니까?"

예를 들어 외교부를 담당해야 하는 사람이 외교 실무는커녕 영어도 할 줄 모른다면 어떨까? 아마 개판 날 거다.

실제로 한국에서 외교부에 배치되어서 외교관이라고 깝죽

대는 낙하산들 중에는 영어 한 마디도 못하는 놈들도 있다.

"그런 놈들은 판을 뒤집고 싶어도 못합니다. 사실상 통제가 아니라 감시의 대상이죠."

그런데 왜 그런 낙하산에게 자리를 줄까? 그가 실무를 배워서 개과천선하라고?

아니다. 그렇게 함으로써 도리어 권력에서 멀어지게 하기 위해서다.

실무야 어차피 아래서 할 테니 타이틀 하나 달아 주면 거들먹거리면서 다니는 게 인간이니까.

실제로 그런 낙하산들은 아랫사람들에게 일을 시키고 놀기 바쁘다. 당연히 성장도, 미래도 없다.

"프랑스의 화려한 베르사유궁전이 왜 만들어졌을 것 같습니까?"

"그거야 왕이 살기 위해서가 아니오?"

"그렇게 넓은 땅에 그렇게 화려하게요? 왕이 그곳을 평생 써도 100분의 1도 쓰지 않을 텐데요?"

그렇다고 아랫사람들이 쓴다고 보기에는 너무 화려하고 거대하다.

"거기에도 이유가 있소?"

"있죠. 그게 다 중앙집권을 위해서입니다."

"그게 중앙집권을 위해서라고?"

"지방 귀족은 절대로 그곳을 손에 넣지 못하니까요."

이것이 답이다

그 당시 지방의 귀족들이 아무리 노력해도 손에 넣을 수 없는 화려함과 돈. 심지어 매일같이 파티를 해도 무제한으로 공급되는 맛있는 음식들.

그 모든 걸 겪은 귀족들이 과연 지방에 내려가서 뭔가를 해 보려고 할까?

'인구가 서울에 집중되는 현상이 왜 발생하는데.'

지방에 내려간다고 해서 사람이 죽지는 않는다. 그런데 왜 그런 일이 벌어질까?

바로 인프라 때문이다. 인간은 자신이 누릴 수 있는 기회를 상실하는 걸 무척이나 두려워한다.

사실 지방에서의 삶이 서울과 아주 큰 차이가 나는 건 아니다. 거기에도 영화관이 있고 행정 서비스가 지원되며 동시에 대부분의 지역에서 별 차이가 없다.

그러나 상대적으로 문화예술 인프라나 의료 서비스가 부족한 것 때문에 결국 서울에 인구가 집중되는 악순환이 벌어진다.

"베르사유궁전은 귀족들을 파리에 묶어 두는 역할을 하는 미끼였습니다."

화려함에 취해서 내려가지 않으면 그 지방은 누가 다스릴까?

당연히 왕이 대리해서 내려보낸 사람이 지배하게 된다. 그리고 그 자체로 자연스럽게 왕권이 확립되고 중앙집권이 완성되는 거였다.

"설마?"

"왕가라고 미친 듯이 돈을 퍼 주는 이유가 진짜로 돈이 썩어 문드러져서 그런 줄 아셨습니까?"

아니다. 장기적으로 왕가의 힘을 빼고 저항하지 못하게 하기 위해서다. 시간이 지나고 그들이 그저 돈 많은 한량이 된 후에는 아무리 저항하려고 해도 아무것도 하지 못한다.

당장 조선 왕조에서도 봐도 왕족이 없는 건 아니지만 단 한 번도 역사의 전면에 아예 안 보이는 게 바로 그런 이유다. 조선 시대의 왕족들도 정부의 지원을 받으며 편하게 살게 해 주는 대신에 아무것도 하지 못하게 하는 것이 규칙이었던 것.

"그 말인즉슨, 우리 왕가 사람들이 점점 바보가 되어 간다는 거요?"

"부정은 못 하실 텐데요?"

"후우~."

그 말에 알카소는 쓰게 웃었다. 틀린 말은 아니니까.

돈이 넘쳐 나니까 뭐든 다 한다. 하지만 점점 그 돈으로 화려한 삶을 사는 데 집중하지, 뭔가를 이루려는 사람은 없다.

"그러면 우리는 어떻게 해야 합니까?"

일이 이렇게 된 이상 알카소는 어쩔 수 없이 싸워야 한다.

"비록 그날 저를 미국에서 지원해 준다고 어필하기는 했지만 다른 사람들이 적극적으로 권력투쟁에 끼어들 것도 아니고."

사우디아라비아 왕가의 스타일을 보면 그럴 가능성은 높지 않다. 친미의 핵심 인사처럼 보이지만 의외로 그를 중심으로 뭉쳐서 친미 세력을 만들 가능성은 높지 않은 상황.

"맞습니다. 그리고 그런 경우 보통 권력 집단의 중심이 될 만한 사람을 쳐 내고 사건을 끝내려고 하죠."

당장 다른 왕가를 죽이겠다고 날뛰지는 않겠지만 대신에 알카소를 축출하는 방향으로 나갈 거다. 그리고 그걸 다른 친미 세력이 막으려고 나설 가능성은 높지 않다.

'아직은 말이지.'

당연하게도 당분간은 알카소가 버틸 만한 힘을 줘야 한다.

"그러니까 국방부 장관으로서 문제를 제기하세요."

"무슨 문제요?"

"국가 방어를 아레스 밀리터리 그룹 한 곳에 맡기는 건 위험하다."

"뭐라고요? 당신, 미친 겁니까?"

아레스 밀리터리 그룹은 사우디아라비아에서 교육과 훈련 그리고 국방을 담당하고 있다. 그리고 그 대표는 다름 아닌 마이스터다. 당연히 친미라면 그들을 밀어줘야 한다.

그런데 위험하다니?

"뭔 생각입니까?"

"뭔 생각이라니요. 당신을 보호하려는 거지."

"뭐요?"

어이없다는 얼굴로 자신의 말을 받은 제임스를 바라보는 알카소.

그러나 제임스의 표정은 아주 평온하기 그지없었다. 그건 제임스, 아니 미국과 이야기가 되어 있다는 뜻이다.

"그래, 들어나 봅시다. 뭘 하려고 하는 거요?"

"다른 용병을 써야 한다고 말하는 겁니다. 반미의 기치를 든 상황에서 미국 기업인 아레스 밀리터리 그룹을 쓰는 건 여러 가지 문제가 있다는 주장을 하면서요."

"그래서요?"

"그러면 그 대안이 될 만한 곳을 찾아야 하죠."

미국의 수많은 군사 기업들? 턱도 없다.

미국이 위험해서 대안을 물색하는 건데 미국 내의 기업을 찾는다는 건 어불성설.

유럽? 물론 유럽도 나름의 중립을 지키는 상황이니 고용할 수는 있다. 하지만 유럽은 미국의 기업들처럼 큰 곳이 없다.

설사 있다고 해도 어차피 미국의 영향을 받는 건 마찬가지라고 봐야 한다.

"그게 어디란 말이오?"

"레드그룹입니다."

"레드그룹?"

"그렇습니다."

"러시아의 레드그룹?"

"네, 중국에는 민간 군사 기업이 없으니까요."

그들은 절대로 민간에 군사력을 넘겨주지 않는다.

심지어 국가의 군대도 믿지 못해서 당의 군대로 운영하는 중국이 민간 군사 기업을 만들 리가 없다.

"그러면 남은 건 사실상 레드그룹뿐이죠."

러시아의 레드그룹은 어느 곳보다 강력한 힘을 가진 군사 기업이다.

애초에 단순히 군대의 보조를 하는 개념의 미국과 다르게 전투병과 그 자체로 구성된 레드그룹이다 보니 그들의 힘은 전 세계에서 무력적인 면에서 가장 강력하다고 봐도 무방했다.

"그놈들을 들이자고요? 미친 거요?"

하지만 알카소는 그 말에 놀라서 눈이 휘둥그레졌다.

그도 그럴 게 레드그룹의 힘을 누구보다 잘 알고 있기 때문이다. 당장 러시아-우크라니아 전쟁에서 핵심 전력으로 활동하고 있기에 모를 수가 없다.

"그래서 말하는 겁니다. 실전 경험을 겪은 강력한 군부대니까요."

"아니, 그놈들은……."

"네, 러시아죠. 그래서 당신의 방패가 될 수 있다는 겁니다."

"무슨 말이오?"

"레드그룹은 알려지지 않았을 뿐 전 세계 쿠데타에 상당히 많이 개입했습니다."

당장 아프리카의 쿠데타 벨트라 불리는 나라에 레드그룹이 얼마나 많이 파견되어 있는지 미 정부는 알고 있다. 그리고 그런 나라들의 쿠데타 뒤에는 중국과 러시아가 존재한다.

"그걸 알기에 그런 주장을 하는 겁니다."

"뭐라고?"

"당신이 균형을 이유로 레드그룹을 요구하면 러시아에서는 무슨 수를 써서라도 레드그룹을 밀어 넣으려고 할 겁니다. 그러면 어떻게 해야 할까요?"

"그거야…… 흠……."

그 말에 고민하던 알카소의 눈이 돌연 커졌다.

그가 아는 걸 과연 자둘라나 알루만이 모를까?

레드그룹이 전 세계에서 쿠데타를 주도하고 준비하고 있다는 걸 모를까?

그럴 리가 없다.

"군부의 핵심 인사가 레드그룹을 요구한다. 그 말은 러시아나 중국에는 기회입니다."

그것도 사우디아라비아를 뒤집을 수 있는 가장 강력한 기회다.

"쿠데타를 통해 나라를 전복하고 그 나라에 영향력을 끼치려 하는 게 바로 현재 러시아와 중국의 방식이죠."

"그러면 아버지와 형님은 그걸 막으려고 하겠군."

"맞습니다."

그도 그럴 게 아레스 밀리터리 그룹의 계약 조건 중 하나가 바로 내전에서의 참전 금지 조항이기 때문이다. 외세와의 전쟁에서는 같이 싸워 주지만 내부의 전쟁에는 참가하지 않는다는 조항.

그게 없으면 누구든 손잡은 놈들이 권력을 쥐게 될 가능성이 높기에 필수적으로 넣어야만 했다.

하지만 레드그룹은 그런 조항이 없다. 그러니 적극적으로 권력을 차지하려 하고 권력자들과 손잡고 국가를 전복하고 싶어 할 거다.

"자연히 아버지와 형님의 입장이 애매해지는 거군."

"네."

레드그룹에 반대하자니 친중 친러 방향성을 알고 있는 중국과 러시아가 기회를 놓치려고 하지 않을 테고, 그렇다고 찬성하자니 내부에 핵폭탄이 들어오는 셈이다.

"그러면 그들은 어떻게 할까요?"

"나를 지키려고 하겠군."

"맞습니다."

러시아에 레드그룹을 밀어 넣기 위해 그들은 자둘라와 알루만에게 압박을 넣을 거다.

그리고 알카소는 국방부 장관.

그들이 들어오면 쿠데타를 통해 국가를 전복할 수 있는 최적의 위치에 있다.

실제로 아프리카 쿠데타는 군부 놈들이 저지르고 있다.

"허. 그러니까 나보고 이중 함정을 파라는 거군."

만일 알카소를 공격한다? 그러면 러시아와 중국 그리고 미국까지 나서서 자둘라와 알루만을 공격할 거다.

아무리 그들이 중립을 외친다 해도 전 세계의 핵심 국가 세 곳에서 공격받는다면 권력을 유지할 수가 없다.

당연히 누군가는 그들을 밀어내고 권력을 차지할 기회를 노릴 거다.

"그렇다고 레드그룹을 들여오면 그들은 뒤통수가 얼얼할 테고요."

자신들이 호응해서 레드그룹을 데려왔다지만 그렇다고 해서 레드그룹이 믿을 수 있는 놈들인 것은 아니다.

그놈들이 러시아에 충성을 바치는 건 당연할뿐더러 만일 그들이 알카소를 선택한다면 아마 자둘라와 알루만은 쥐도 새도 모르게 암살당할 거다.

"그렇다고 레드그룹을 반대하자니 그간 해 온 반미 정책에 혼동이 오기 시작하죠."

러시아와 중국에서는 자신들과 함께 가고자 한다면 레드그룹을 받아들이라고 할 거고, 그걸 거절하면 사이가 틀어질 거다.

그리고 그런 경우 러시아와 중국의 성격상 알카소를 선택할 가능성이 높아진다. 그러면 자둘라와 알루만은 자연히 살기 위해 친미 정책을 짤 수밖에 없다.

"뭘 해도 아버지와 형님은 뒤통수가 근질근질해지겠군."

"제가 노리는 게 바로 그겁니다."

어차피 그들이 갑자기 친미로 나서지는 않을 거다. 다른 왕가도 딱히 뭔가를 바꾸겠다고 저항하지도 않을 테고 말이다.

당연히 자둘라와 알루만은 스스로를 지키기 위해 노력해야 한다.

"알카소 왕자님을 축출할 수도 없고 그렇다고 미국 쪽 인사들을 공격할 수도 없죠. 동시에 러시아나 중국 쪽 인사들도 공격할 수 없고요."

정치적 거래를 만들어진 사이들이니까.

그들에게는 알카소라는 선택지가 있는 셈이니 굳이 자둘라와 알루만을 고를 이유는 없어진다.

"재미있겠군."

그게 가능하다면 어쩌면 자신에게 다시 한번 왕위에 도전할 기회가 올지도 모른다.

심지어 이건 쿠데타도 아니다. 그저 정책의 주장이며 국방부 장관으로서 권한일 뿐이다.

거기다가 노형진이 틀린 말을 하는 것도 아니다.

지금 자둘라와 알루만은 소위 중립이라는 이름으로 반미를 하는 상황.

그런데 군부의 용병으로 미국 용병만 쓰는 건 당연히 문제일 수도 있다.

"재미있겠어."

순간 알카소는 자신을 무시하던 알루만의 비웃음이 생각
났다. 어쩌면 그걸 돌려줄 수 있을지도 모른다는 생각에 그
의 입가에 히죽 미소가 떠올랐다.

⚖️

"우리도 레드그룹을 용병으로 고용해야 합니다."

"뭐라고?"

"아레스 밀리터리 그룹이 일을 못하는 건 아니지만 그놈들
은 미국 기업 아닙니까? 미국 놈들이 우리를 배신할 때 지켜
줄 거라는 보장이 없습니다."

"무슨 말을 하는 거야! 아레스 밀리터리 그룹은 한국 소속
이야!"

"공식적인 등록만 그렇게 되어 있을 뿐, 그 본사가 미국인
마이스터라는 건 딱히 비밀도 아니지 않습니까?"

"그거야⋯⋯."

알루만은 등골이 서늘해졌다. 알카소의 주장을 반박하기
가 애매했기 때문이다.

"아시겠지만 미국 놈들은 믿을 수가 없습니다. 형님께서도
그러지 않으셨습니까, 미국 놈들은 절대 믿으면 안 된다고."

"그⋯⋯ 그랬지."

실제로 알루만은 그런 말을 입에 달고 살았기에 부정할 수

가 없었다.

"하지만 이 상황에서 우리의 국방을 미국에서 전담하는 것은 문제가 될 수 있습니다."

"그러나 병사의 절대다수는 우리가 고용하는 사람이야."

"그렇지만 지휘 통제는 아레스 밀리터리 그룹이 하고 있죠. 생각해 보세요, 형님. 만일 그놈들이 반기를 든다면 누구를 동원하실 겁니까?"

"……."

자국민으로 이루어진 병력이 거의 없다시피 한 사우디아라비아의 특성상 그런 경우 방어하기가 힘들다. 그간은 미국이 지켜 줬다지만 이제는 그 미국이 문제가 되는 상황 아닌가?

"그러니 우리도 이원화해서 병력의 절반은 러시아 용병으로 채워야 합니다."

알카소의 말에 자둘라는 일이 잘못되어 가고 있다는 걸 느꼈다. 그리고 그걸 막기 힘들다는 것도.

"확실히 국방부 장관의 말이 틀린 건 아닌 것 같습니다, 폐하."

"미 제국주의 놈들은 믿을 수가 없습니다."

"러시아의 도움을 받아야 합니다."

"맞습니다. 레드그룹은 전쟁터에서 실전을 겪은 강력한 병력입니다. 그들이라면 미국이 우리를 제압하려고 한다 해도 막아 낼 수 있을 겁니다."

친미 성향의 장관들을 모조리 쳐 내고 그 자리를 친중 친러 성향의 사람들로 채워 놨다. 그런데 그 부작용이 터져 나온 거다.

당연히 그들은 알카소를 편들어 주면서 레드그룹을 받아들이자고 난리를 피우기 시작했다.

"그만! 그들이 얼마나 위험한 놈들인지 몰라서 그러는 건가!"

자둘라는 당연히 현실을 알기에 목소리를 높였다.

당장 레드그룹이 우크라이나에서 저지르는 전쟁범죄가 한둘이 아니다. 게다가 거기다 그놈들은 조용히 있을 놈들이 아니었다.

전 세계 쿠데타의 80%는 러시아나 중국이 뒤에 있다는 게 최근 정보팀의 분석이다.

심지어 레드그룹은 그러한 행동을 감추려고도 하지 않는다. 그런데 그런 놈들을 받아들이자니?

"레드그룹은 안 돼. 너무 위험해."

"설마 러시아를 믿지 않으시는 겁니까?"

"아니, 그건 아니지만……."

"러시아가 저 미 제국주의자보다 더 믿을 만합니다."

'도대체 거기에서 무슨 일이 있었던 거야?'

알카소는 누가 봐도 친미 성향이 강한 타입이었다. 그리고 미국과 좋은 관계를 유지하려고 노력해 왔다.

그랬기에 그를 국방부 장관에 둔 것이다, 균형을 유지하기 위해.

그런데 그 파티 이후에 갑자기 알카소가 바뀌었다, 극단적인 반미론자로.

정확히는 반미론자라고까지 보기는 애매하지만 과거와 달리 미국에 대한 믿음은 보이지 않고 있었다.

'이건 곤란한데.'

그리고 이건 자둘라와 알루만에게 곤란한 일이었다. 그들의 계획은 미국과 대등하거나 협상에서 우위를 가지는 거지, 미국과 전쟁하자는 게 아니니까.

문제는 지금 알카소가 주장하는 것이 틀린 말은 아니라는 거다. 자국의 군대를 해외의 용병에 기댈 경우 얼마나 개판이 될 수 있는지 두 눈으로 똑똑히 봤으니까.

그걸 통제할 수 있는 외부 용병을 데려오는 것까지는 좋았으나 그들을 100% 믿을 수 있냐는 것은 또 다른 문제니까.

"하지만 레드그룹은 위험해."

"설마 레드그룹이 무슨 짓을 저지르겠습니까? 물론 전선에서 싸우는 무식한 놈들이 없는 건 아닙니다만 러시아에서 아무리 그래도 그렇지, 우리 사우디아라비아에 그런 무식한 놈들을 보내겠습니까? 아마도 제대로 훈련받은 정예 병력을 보내 줄 겁니다."

"그런 보장은 없지 않나?"

"그러니까 그렇게 협상해야지요."

"왕세자 전하, 알카소 국방부 장관의 말이 틀린 건 아니라고 생각합니다. 그러니까 협상을 진지하게 생각해 보시는 게 어떨까요?"

러시아와 중국에서 줄 두둑한 주머니를 생각하면서 그의 편을 들어 주는 다른 장관들.

그리고 그 모습을 보면서 알루만은 곤혹스러운 마음을 감출 수가 없었다.

알카소는 일단 내질렀다. 그리고 그건 생각보다 효과가 좋았다.

"확실히 아슬아슬했어."

친미 성향의 사람들과 어울렸다는 소문이 돌자마자 자신을 실각시키려고 눈치를 보던 아버지와 형이었다.

그러나 그 시도는 이루어지기 전에 자신이 먼저 내건 '레드그룹의 용병 고용'이라는 주제에 묻혀 버렸다.

물론 자신을 가만두려고 하지는 않을 거다. 하지만 이제는 늦어 버렸다. 자신은 미국에서 보호받고 있다. 그리고 이제는 다른 나라도 자신을 지키려고 할 거다.

"사실상 이중 스파이라고 봐야 하나? 아니야. 이거야말로 중립이 아닌가? 미국과 중국 그리고 러시아를 모조리 이용해 먹고 있으니까."

알카소는 그렇게 자기 합리화를 하면서 심호흡했다.

'절대로…… 절대로 다른 사촌들처럼 살 수는 없어.'

호텔에 갇혀서 단 한 발자국도 나오지 못한 채로 영원히 갇혀 사는 삶.

지금 알루만에게 숙청당한 사촌들의 삶이었다.

얼마 전까지만 해도 그들은 수백억을 쥐고 수많은 슈퍼카를 끌고 화려하게 살았다. 하지만 지금은 전 재산을 빼앗기고 비참하기 그지없는 삶을 살고 있다.

당장 얼마 전에도 그들이 알루만에게 시위하지 않았던가?

말이 시위지 알루만에게 살려 달라고 비는 수준이었다.

그런데 그마저도 아주 중요한 것을 요구하는 게 아니었다. 그저 그들이 지내고 있는 호텔의 숙박비에 대한 지원을 멈추지 말아 달라는 거였다.

그들은 체포당하고 실권이 사라졌지만 그렇다고 해서 공식적으로 처벌받은 건 아니었다. 왕가를 처벌한다는 것은 사우디아라비아에서 아주 심각한 문제이기 때문이다.

왕가를 처벌한다는 것은 왕가의 신성함이 사라진다는 것.

제아무리 알루만이라도 그들을 죽일 수는 없었다.

그렇기에 교도소에 수감된 것처럼 호텔에 갇힌 것을 숨기기 위해 공식적으로는 그들이 호텔에서 자숙하는 것으로 되어 있었다.

당연히 그들이 호텔에서 자숙하고 있으니 호텔에 대한 사용료를 내야 한다. 문제는 그 돈이 부족하다는 것.

모든 재산을 자둘라와 알루만에게 빼앗겼기 때문이다.

그랬기에 그들은 읍소해야 했다, 호텔의 비용을 지원해 달라고. 만일 그걸 내지 못하면 길바닥으로 쫓겨나니까.

그리고 그렇게 되면 정부의 보호에서 벗어난 것이 되니 생존을 담보할 수 없게 된다.

한때는 그들 한 명 한 명에게 그 호텔을 사고도 남을 재산이 있었지만 지금은 그들이 모두 돈을 모아도 그 호텔의 운영비조차 내지 못하는 상황.

'그렇게 살 수는 없어.'

그래서 알카소는 노형진의 의견을 받아들인 거다. 자신의 입지를 최대한 챙겨 놔야 이대로 죽지는 않을 테니까.

'중앙집권적인 왕국이라니.'

그가 이런 마음을 먹은 이유는 간단했다. 자신이 겪은 모든 일들이 이미 중앙집권을 겪은 나라들에서 한 번은 겪은 일이라기에 확인해 보았는데, 사실이었기 때문이다.

왕위의 부자 상속, 그리고 라이벌의 숙청.

그런데 자신이 라이벌 1순위다. 그랬기에 알카소는 선택지가 없었다.

"왕자님, 손님이 오셨습니다."

그가 그렇게 고민하는 사이 부하가 와서 손님이 왔음을 알렸다. 그러자 알카소는 고개를 끄덕거리며 자리에서 일어났다.

"응접실로 모시고 오도록."

"네, 왕자님."

그렇게 알카소가 응접실로 가 있자 잠시 후 두 명의 남자가 들어왔다.

그들이 누군지는 물어볼 필요도 없었다. 주 사우디아라비아 중국 대사와 러시아 대사였기 때문이다.

"안녕하십니까, 왕자님."

"잘 지내셨습니까, 왕자님?"

"오랜만이오. 그래, 하고 싶은 말씀이 있으시다고?"

"이번 도움에 감사드리고자 합니다. 그리고 저희들의 밝은 미래를 위해 서로 나눌 말씀이 많을 것 같아서요."

"하하하, 나야 기꺼이 환영이지."

알카소는 그들을 안으로 들였고 그렇게 응접실의 문이 닫히면서 그들만의 이야기가 시작되었다.

⚖️

"어떻게든 알카소를 쳐 내야겠습니다."

알루만은 아버지인 자둘라 국왕에게 걱정스럽게 말했다.

"하지만 동생이다."

"그렇지만 대업에 방해됩니다. 그놈이 왕위를 노리는 거라면…….”

“왕위를 넘겨주지는 않을 테니 걱정하지 마라. 차기 국왕은 너야.”

“아버지, 그 얘기가 아니지 않습니까? 레드그룹이라니. 그게 무엇을 의미하는지 모르시는 겁니까? 그놈은 레드그룹을 통해 국가를 전복하려는 거란 말입니다.”

“그건 억측이야. 아무리 러시아라 해도 우리는 사우디아라비아다.”

“그리고 먹잇감이죠. 러시아가 어떤 나라인지 몰라서 그러십니까? 우리가 친러 정책을 미는 건 그놈들을 이용하기 위해서가 아닙니까? 그런데 그놈들이 만일 알카소 그놈이나 다른 놈들과 손잡고 쿠데타라도 일으킨다면…….”

“그때는 아레스 밀리터리 그룹이 막아야지.”

“아버님, 아레스에서 그러지 않았습니까? 자신들은 내전에는 관여하지 않는다고. 그건 단순히 공격만 하지 않겠다는 뜻이 아닙니다. 방어도 해당되는 겁니다.”

“방어도 포함이라고?”

“내전에 선과 악이 어디 있습니까?”

진짜로 자신들을 고용한 놈들이 권력을 잡고 있을 수는 있지만 악당일 가능성도 무시 못 한다. 실제로 전 세계에서 독재국가가 한둘이 아니니까.

그랬기에 아레스 밀리터리 그룹은 내전에 관해서는 철저

하게 중립적인 태도를 유지하고 있다.

"내전이 별거 있습니까? 알카소 그놈이 레드그룹과 손잡고 권력을 찬탈하려고 하면 그게 내전입니다."

"으음……."

그 말에 자둘라는 생각이 많아졌다.

물론 그가 알루만을 밀어주는 건 사실이다. 하지만 동시에 알카소 역시 자신의 아들이다.

"그래서 너는 친동생을 죽이기라고 하겠다는 거냐?"

"대업을 위해 필요하다면 해야죠."

'대업을 위해서냐, 아니면 너의 욕심을 위해서냐?'

그러나 자둘라는 그 말을 차마 입 밖으로 내지 못하고 그저 쓰게 웃을 뿐이었다.

"동생이다. 심하게 하지 말아라."

결국 자둘라가 할 수 있는 말은 그것뿐이었다. 하지만 그럼에도 알루만의 시도는 성공할 수가 없었다.

⚖️

"뭐라고 했습니까?"

"저희는 알카소 씨와 알루만 왕세자님이 친하게 지내셨으면 합니다."

중국 대사의 말에 알루만은 할 말을 잊었다.

그는 왕세자다. 사우디아라비아의 미래의 왕이 될 사람이다. 비록 아버지가 아직 버티고 있다지만 그래도 그 권력이 어디 가지는 않았다.

그런데 외교관이 자신에게 친하게 지내라니.

'중국 놈들이 오만방자한 건 알고 있었지만.'

그래도 지금까지는 어느 정도 선을 지키고 있었다. 하지만 지금은 누가 봐도 선을 넘는 소리를 하고 있었다.

너무 어이없어서 알루만이 중국 대사에게 되물어야 할 정도였다.

"지금 뭐라고 했소?"

"저희는 미래를 위해 알카소 왕자와 협력하고자 합니다. 그러니 왕세자님도 알카소 왕자님과 협력하시는 게 어떨까요?"

"미쳤군."

아무리 그럴듯하게 돌려 말해도 저 말의 의미는 너무나 뻔하다. 알카소 왕자에게 손대지 말라고 협박하는 거다.

"지금 내가 그 말을 들을 거라고 생각하는 거요?"

"오해는 하지 않으셨으면 합니다. 저희는 사우디와 우호 관계를 이어 가고자 최선을 다하는 겁니다."

"그런데 나한테 그따위 말을 한다고?"

"알카소 왕자님도 능력이 출중하신 분입니다. 그런 분을 사우디아라비아가 잃어버리는 건 큰 손해라고 생각합니다."

"지금 내가 그 말을 그냥 넘어갈 거라 생각하는 거요?"

미국의 대통령이 왔을 때도 가차 없이 뒤통수를 후려친 게 바로 알루만이다. 고작 중국 대사의 말에 겁먹고 꼬리를 말 리가 없다. 그런데 그런 자신에게 이런 위협이라니.

"부디 오해하지 마시기 바랍니다. 저희는 레드그룹이 사우 디아라비아의 미래에 아주 좋은 영향을 줄 거라 믿습니다."

"그걸 왜 당신이 말하는 거요!"

레드그룹은 러시아의 기업이다. 그러니 러시아 대사가 그 렇게 말했으면 했지 중국 대사가 말할 이유는 없다.

설사 중국과 러시아가 한 몸처럼 움직이는 것이 사실이니 그럴 수 있다고 치더라도 왕자이자 차기 국왕이 될 자신에게 할 말은 아니었다.

"러시아 대사께서는 자둘라 국왕 폐하와 독대 중이셔서요."

"미친놈들이."

자신뿐만 아니라 아버지도 위협한다는 말에 알루만은 숨 이 턱 막혔다. 그리고 그제야 당했다는 걸 깨달았다.

'알카소 그놈을 쳐 낼 수가 없어.'

알카소를 쳐 내려 한다면 중국과 러시아가 불편해할 거다.

물론 그런다고 당장 사우디아라비아에 쳐들어온다거나 하 지는 않을 거다.

하지만 중국과 러시아에 의해 죽은 사람이 얼마나 많은지 알 사람은 다 안다. 특히 러시아는 아주 대놓고 암살하는 나 라다.

물론 아무리 미쳤다 한들 왕세자인 알루만을 암살하지는 않겠지만 최소한 그를 지지하는 사람들을 죽일 수는 있다.

'그리고…… 아버지는…….'

자둘라 국왕은 치밀하고 독한 사람이다. 수많은 형제들 중에서 알루만을 왕세자로 세운 것은 그의 능력을 높이 샀기 때문이다. 그리고 자신이 알루만을 선택했을 때 그 결과 다른 형제들이나 자식들이 죽을 수도 있다는 걸 이미 알고 있는 사람이다. 그럼에도 불구하고 알루만을 선택한 건 그게 실제 도움이 되는 실익이 있다고 믿었기 때문이다.

그런 그가 만일 알루만이 완전히 고립되었다는 걸 알게 된다면 어떻게 할까?

이미 미국과는 틀어졌고 중국과 러시아에서마저 버리려 하는 상황이라면? 과연 그 자리를 지킬 수 있게 도와줄까?

그런 상황이라면 자둘라가 과연 알루만의 자리를 보장해 줄까?

아니다. 차라리 왕세자 자리를 바꾸려고 할 거다. 한 번 했는데 두 번을 못 하겠는가?

더군다나 그 아래에 형제는 여전히 많다. 알카소 역시 중국과 러시아의 지지를 받는다면 가장 강력한 후보 중 한 명이 될 테고 말이다.

'당했다.'

그제야 알루만은 알카소를 날려 버릴 타이밍을 놓쳤다고

땅을 치고 후회했지만 지금 그가 할 수 있는 것은 없었다.

"당신 말대로 중국과 러시아에서 찾아왔더군요. 어떻게 안 겁니까?"

알카소는 신기하다는 듯 노형진을 바라보았다.

노형진은 그에게 그들과 중국과 러시아에서 찾아올 테니 가만히 기다리라고 했는데, 정말로 찾아왔다.

"간단합니다. 그놈들은 멍청한 차기 국왕을 원하거든요."

그 말에 알카소는 눈을 찡그렸다. 자신이 멍청하다고 말하는 것처럼 들렸으니까.

그걸 알아차렸는지, 노형진이 고개를 흔들었다.

"알카소 왕자님이 멍청하다는 소리는 아닙니다."

"그러면요?"

"계획성이 드러나는 사람과 계획성이 드러나지 않는 사람의 차이죠."

"계획성?"

"알루만 왕세자의 계획은 너무 노골적입니다. 단 한 번도 파워 게임에서 밀려 본 적이 없으니 당연하지요."

누가 천하의 사우디아라비아 왕세자를 파워 게임에서 밀어내겠는가?

미국 대통령쯤 되면 가능할지 모르지만 현시점에서는 빌 웨이든 대통령도 러시아-우크라이나 전쟁으로 인해 사우디아라비아의 눈치를 볼 수밖에 없다. 그러니 그는 사우디아라비아의 패권을 쥐려고 한다는 계획을 감출 이유가 없다.

"그렇기 때문에 중국도, 러시아도 알루만 왕세자가 자신들을 이용해서 미국의 품에서 벗어나려고 한다는 것을 모를 수가 없죠."

모르는 건 아니지만 그럼에도 불구하고 그게 더 이득이기에 알루만과 손잡으려고 했던 거다.

"그런데 알카소 왕자님은 다르죠. 그들과 접점이 거의 없다시피 하고 동시에 알루만파에서 능력이 없다고 무시당하고 있죠."

"으음……."

그 말에 기분 나쁜지 신음 소리를 내는 알카소. 하지만 말을 끊지는 않았다. 사실이니까.

물론 정말로 능력이 부족하다면 국방부 장관을 맡지도 못했을 거다.

사실상 능력이 부족하다고 무시당한 건 경쟁자에 대한 비하나 견제에 가까운 것으로 봐야 한다.

그럼에도 불구하고 알루만이 더 유능해 보였던 것은 구조적으로 알카소와 알루만 사이에서 접촉하는 정보의 한계 차이 때문이었다.

"그리고 그걸 중국과 러시아도 알고 있었을 겁니다. 그런데 그런 사람이 무지성…… 아, 죄송합니다. 좀 극단적으로 레드그룹의 영입을 주장한다면 어떻게 생각할까요?"

"그들 입장에서는 내가 알루만 왕세자보다 더 이용가치가 있다고 생각하겠군요."

"맞습니다. 무능한 것으로 판단되는 사람이 자신들을 이유도 없이 밀어주는데, 그런 사람을 이용해 먹지 않을 리가 없죠."

그러자 노형진의 설명을 듣던 알카소가 미심쩍은 표정을 지었다.

"하지만 아무리 그래도 그렇지, 나를 위해 아버지와 형님을 협박한다고요?"

"중국과 러시아는 전통적으로 힘에 의한 외교를 해 왔습니다."

자신들보다 힘이 없다면 깔아뭉개고 윽박지르고 위협한다.

－소국이 어찌 대국에 덤비는가?

이 말은 어디 중국 무협 드라마에서 나오는 말이 아니라 중국의 외교부장이 한국에 대놓고 한 말이다.

중국의 외교부장이라 하면 한국의 외교부 장관과 같은 포지션이다.

그런 인간이 이런 말을 대놓고 하는 나라가 바로 중국이다.

"하지만 그간은 형님에게 그 정도까지는 아니었던 걸로 아는데요."

"대체제가 없으니까요."

하지만 이제는 대체제가 생겼다. 그것도 무작정 자기들을 빨아 준다고 생각하는 그런 대체제 말이다.

"이제 본성을 내보인다 이건가요?"

"네, 그럴 가능성이 높죠."

그 말에 알카소의 얼굴에 미소가 떠올랐다.

"왜 그러십니까?"

"웃겨서 그렇습니다. 웃겨서."

"웃겨서요?"

"그냥, 미국의 대체제라고 고른 게 쓰레기라는 사실이 웃겨서요. 미국도 바른 나라는 아니라지만."

그러나 최소한 일국의 왕에게 대놓고 정치적 위협을 하는 나라는 아니다.

"뭐, 어쩔 수 없는 본성이라는 게 있으니까요."

"그러면 이제 어떻게 해야 합니까?"

"이제 자리는 안정되었으니까 군부를 장악해야지요."

그 말에 알카소의 얼굴에 의문이 떠올랐다.

"저기…… 제가 국방부 장관입니다만?"

"그렇죠. 하지만 왕자님의 명령에 따라 군대가 쿠데타에 참가할 정도는 아니죠."

"쿠데타는 일으키지 않을 겁니다."

"물론 알고 있습니다. 하지만 최소한 그게 가능한 수준으로 만드셔야 합니다. 그래야 나중에 팽 당하지 않습니다."

"하지만 무슨 수로요?"

알카소의 얼굴이 한층 더 어두워졌다. 노형진의 생각이 도무지 짐작이 가지 않아서였다.

노형진이 입을 열었다.

"첫 번째, 무조건 레드그룹의 입성을 요구하세요."

"하지만……."

"네, 절대로 레드그룹을 받아 주지 않을 겁니다."

정상적인 판단력을 가진 국가의 지배자라면 레드그룹이 들어온다는 것 자체가 쿠데타를 일으킬 가능성이 높아진다는 걸 알기에 무슨 일이 있어도 절대로 용납하지 않을 거다.

"그렇기 때문에 요구해야 합니다. 그걸 요구하면 자연스럽게 친러 그리고 친중 계파가 왕자님에게로 모여들 겁니다."

지금 권력을 확보하고 있는 건 그들이다. 그런데 그들이 알카소에게 모여들면 자둘라와 알루만은 곤혹스러워질 거다.

"그리고 동시에 아레스 밀리터리 그룹에 당근을 던지세요."

"당근? 돈이라도 달라는 겁니까?"

"돈도 좋고, 아니면 무기 판매도 좋습니다. 일단은 중요한 건 '아레스 밀리터리 그룹과 나의 관계는 여전히 좋다.'라는 걸 보여 주는 겁니다."

"아하!"

당연히 그렇게 되면 군부는 좋든 싫든 자연스럽게 알카소가 지배하는 것처럼 보일 거다.

"더군다나 알루만과 다르게 알카소 씨는 진짜 중립으로 보일 겁니다."

양쪽 다 적대하는 중립과 양쪽 다 친하게 지내는 중립 중 어느 쪽이 더 능력 있고 세련되게 보일지는 뻔한 일.

그러나 아직 걱정거리는 남아 있었다.

"만일 진짜로 레드그룹이 오게 되면요?"

"당연히 받아야죠."

"하지만……."

"하지만 그들은 절대로 못 옵니다."

"어째서요?"

"여기는 아프리카가 아니니까요."

사우디아라비아는 소수의 병력을 보내서 장교들 서너 명만 자극하면 쿠데타가 터지는 나라가 아니다. 그렇다고 해서 그들이 다수의 병력을 보내자니 대부분의 병력이 지금 우크라이나에서 갈려 나가고 있다.

"물론 그들도 병력을 아예 안 보내지는 않을 겁니다. 사우디에 병력을 보내서 세력을 확장하고 싶어 할 테니까요. 그러니까 방법은 간단합니다."

"간단?"

"레드그룹과 아레스 밀리터리 그룹의 인원을 섞어 버리세요."

"아!"

병력을 파견하는 것은 상부의 결정이지만 공식적으로 그들은 용병이다. 그러니 그들을 섞어 두면 서로 부대의 지휘권을 가지고 싸울 거다.

"그리고 거의 100% 저희 쪽이 지휘권을 획득할 겁니다."

레드그룹의 절대다수는 싸울 줄만 아는 무식한 놈들이다. 소수의 머리 좋은 놈들은 우크라이나 전쟁 때문에라도 보낼 수가 없다.

"자연스럽게 아레스가 머리가 되고 레드그룹이 하급 지휘관이 되는 형태로 변할 겁니다."

그리고 그 상황에서 레드그룹이 쿠데타를 일으키려 한들 과연 가능할까?

"더군다나 그들이 모르는 건 사우디아라비아군이 용병 군대라는 겁니다."

"그게 왜요?"

"누가 남의 나라 내전에서 목숨을 잃어버리고 싶겠습니까?"

자국민이라면 차라리 각자의 기준이 있으니 그걸 따를 거다. 지역 차이든 부족 차이든 종교 차이든 그것 때문에 싸울 테고 그것을 위해 목숨을 걸 만도 하다.

"하지만 남의 나라 내전에서 목숨을 건다? 그럴 리가요."

아무리 용병이라지만, 그래서 돈 받고 싸운다지만 그건 어디까지나 외세에 대한 방어가 목적이지 내부의 권력투쟁이 아니다.

"쿠데타를 선동해 봐야 보고만 하고 말 겁니다. 그러니 도리어 그 사실을 보고하면 두둑한 보상금을 준다고 미리 홍보해 두세요."

"아하!"

그러면 레드그룹이 얼마가 들어오든 절대로 쿠데타나 선동은 하지 못할 거다.

"그리고 다른 왕가 사람들과 함께 지속적으로 후계 문제를 지적하면 됩니다."

명시적으로 부자 상속이 확정된 것은 아닌 상황.

그리고 그걸 과거처럼 형제 상속을 해야 한다고 주장하기 시작하면 아무리 알루만이라 해도 형제들을 무차별적으로 죽이거나 할 수는 없다.

그렇게 하면 자신이 권력을 차지하기 위해 형제를 죽이는 극악무도한 놈들이 될 테니까.

"그 후에 왕권이 바뀌는 건 결국 여러분의 선택이겠지만요."

'아니면 능력에 따라 바뀌겠지.'

한 가지 확실한 건 그렇게 되면 자둘라와 알루만의 힘은 사정없이 깎이게 될 거라는 거다.

"무슨 말인지 알았소."

사실상 이중 스파이 비슷하게 되었지만 알카소는 후회하지 않았다. 어쩌면 이제는 포기했던 왕위의 자리를 다시 노려 볼 수 있을지도 모르니까.

⚖

사우디아라비아에 핵폭탄 하나를 떨구고 가는 비행기 안.

멀어지는 바그다드 공항을 보면서 제임스가 작게 중얼거렸다.

"교묘하군요."

"교묘하죠. 알카소는 이제 미국을 버리지 못합니다."

레드그룹은 믿을 수 있는 조직이 아니다. 그건 러시아도, 중국도 마찬가지.

더군다나 그들이 지지하는 건 알카소가 아닌 알루만이다.

지금이야 알카소가 자기들에 입맛에 맞는 계획을 내세우는 데다 패를 하나만 쥐기보다는 둘을 쥐는 게 더 유리하니 그를 지원하지만 궁극적으로는 그간 밀어주었던 알루만을 포기할 가능성은 높지 않다.

"반대로 알루만과 자둘라 역시 과거처럼 미국에 막 행동하지는 못할 겁니다."

비록 그들이 미국을 여차하면 버리겠다는 식으로 행동했

지만 그건 어디까지나 미국을 위협하기 위한 수단이었다.

그러나 이제는 상황이 달라졌다. 내부에 러시아와 중국군을 불러들일 존재가 생겼고, 그들은 여차하면 쿠데타를 통해 자신들을 축출할 수 있게 되었다.

한 번 벌어진 일을 두 번 하지 말라는 법은 없고, 애초에 사우디아라비아의 건국왕의 유훈을 어기고 쿠데타를 일으킨 게 자둘라와 알루만이다.

"더군다나 알카소는 기존의 규칙에 따라 형제 상속이 우선이라고 말하고 있죠."

그렇다면 다른 사람들은 어떻게 생각할까?

나중에 자신이 왕이 될 수 있는 미래?

아니면 천천히 말라 죽어 가는 미래?

사실 어느 쪽을 선호할지는 너무나도 뻔하다.

"알카소는 이제 정치적으로 자둘라나 알루만을 위협할 정도의 위치가 되었습니다. 그리고 그걸 막을 수 있는 방법은 하나뿐이죠."

"우리 미국이라는 거군요."

"맞습니다. 아마도 조만간 레드그룹이 사우디아라비아로 들어올 테니까요."

당연히 위협을 느낄 자둘라와 알루만이지만 이제 와서 그들을 막을 수는 없다. 그렇다고 아레스 밀리터리 그룹에 손을 내밀 수도 없다.

내전에 대해 절대로 개입하지 않는다고 한 게 바로 아레스 밀리터리 그룹이니까.

"하긴, 미국이 사우디 왕가를 뒤집어엎을 이유는 없죠."

그에 반해 중국과 러시아는 기꺼이 그러고도 남는 나라다.

그렇다면 그들의 선택지는 사실 뻔하다.

"중립이라는 건 극도로 고도의 정치 행위입니다."

그렇기에 그걸 유지하기 위해서는 정치적 능력이 엄청나게 뛰어나야 한다. 그게 안되기에 수많은 국가들이 사실상의 사대를 하거나 다른 나라의 수장에게 딸랑거리면서 꼬리를 치는 거다.

"사우디도 마찬가지고요."

그들의 꿈은 컸지만 정작 정치적 중립에 기반한 능력이 되지 않기에 반미가 중립이라 생각했던 것이다. 한때 한국의 많은 사람들이 그렇게 착각했듯이 말이다.

"하지만 이제는 상황이 달라졌군요."

알카소를 제압하거나 자신들을 지키기 위해서라도 자둘라와 알루만은 과거처럼 반미 성향의 중립이 아닌 친미 성향의 중립을 표방할 수밖에 없을 거다.

"이 정도면 충분히 제가 마무리는 지어 드린 것 같습니다만?"

아무리 노형진이라 해도 사우디아라비아가 미국에 충성하게 만들 수는 없다. 애초에 그런 식으로 약한 나라도 아니고 말이다.

어찌 되었건 어마어마한 오일 머니의 힘으로 전 세계를 쥐고 흔드는 게 사우디아라비아니까.

"나머지 협상은 우리가 하는 것에 따라 달라지겠군요."

불안감을 자극해서 이쪽으로 넘어오게 할 수 있다면 다시한번 친미국 국가로 사우디아라비아가 돌아올 테고, 그게 불가능하다면 반미 국가가 될 거다.

"그건 미국에서 알아서 하겠지요."

노형진은 최선을 다했고 충분한 결과를 보여 줬다.

"네, 이 정도면 충분합니다."

제임스는 어색하게 웃으며 말했다. 그러나 속으로는 안타까움을 감추지 못했다.

'수십 년간의 정보전과 글로벌 파워가 무슨 소용이 있단말인가?'

그 오랜 시간을 갑자기 변해 버린 사우디아라비아의 대응을 해결하는 데 들였지만 방법이 없다는 게 미국 내부의 의견이었다.

그런데 노형진은 단순히 사우디아라비아가 가장 싫어하는 방식을 동원함으로써 정작 미국에 도움이 되는 상황을 조성했다.

러시아의 레드그룹이라니? 아마도 자신들은 그런 말을 꺼내는 순간 간첩으로 의심받아 끌려갔을 거다.

'생각할 게 많군.'

　지금까지와는 다른 전략에 제임스는 비행기를 타고 가는 내내 아무런 말도 하지 못하고 깊은 고민에 빠질 수밖에 없었다.

징집령의 함정

"고작 우크라이나 하나 제압하지 못한다는 게 말이나 되느냐고!"

'쾅!' 소리가 나게 테이블을 내려치는 체르덴코.

하지만 그의 분노에 장군들은 아무런 말도 하지 못하고 있었다.

그럴 수밖에 없었다. 실제로 누구도 예상하지 못한 일이었으니까.

개전 초기에 짧으면 3일 이내, 길어야 2주 이내에 우크라이나를 항복시킬 수 있을 거라 생각했다.

그러면 자신들의 명령을 따라 움직이는 괴뢰정부를 세워서 조작된 러시아와의 합병 투표를 하고 그대로 우크라이나를 집어삼키는 것. 그게 계획이었다.

외부적으로 말하는 방어니 군사작전이니 하는 건 사실상 그걸 위한 연막이었을 뿐이다.

그간 러시아는 그 방법으로 꾸준하게 영토를 늘려 왔고 궁극적으로는 모든 구소련 영토를 수복해서 새로운 소련을 완성하는 게 목적이었다.

그런데 미국도, 유럽도 아닌 고작 우크라이나 따위에 밀리고 있다. 아무리 서방이 그들에게 막대한 지원을 해 주고 있다지만 그렇다곤 해도 이건 너무 비참한 상황이었다.

"대통령 각하, 저희는 최선을 다해서……."

"최선? 최선이라는 말이 나오시오, 국방부 장관? 지금 우리 상황이 어떤지 모르는 거요!"

무기가 없다. 무기가 없어서 2차대전 당시에 쓰던 무기를 꺼내 쓰고 있었는데, 이제는 1차대전 당시의 무기도 꺼내 써야 하는 판국이 되었다.

물론 그 시절 무기라고 전쟁에 못 쓸 건 아니다.

하지만 자신들은 러시아다. 세계 2위의 군사 강국.

그런데 무기가 없어서 1차대전 당시의 무기를 꺼내다니.

"도대체가 그 많은 예산이 어디로 간 거요!"

아무리 독재국가에서 횡령이 일반화되었다지만 그 많은 군사 예산이 어디로 갔는지 알 수조차 없다. 분명히 있어야 할 탱크도 없고, 비행기도 없고, 심지어 포탄도 없다.

"……."

그리고 그 횡령의 주범인 장군들은 아무런 말도 할 수가 없었다. 그랬기에 그는 필사적으로 말을 돌렸다. 이대로 파고들다 보면 자신들도 죽을 수 있으니까.

"각하, 중요한 건 전선의 상황입니다. 병력을 투입해야 합니다."

"맞습니다, 체르덴코 각하. 전선에서 최대한 버티고 있습니다만."

어찌어찌 밀고 들어가기는 했지만 원래 역사에 비하면 절반밖에 밀고 들어가지 못했다. 그마저도 상당한 결과지만 러시아 입장에서는 기가 막혀서 말이 나오지 않았다.

"인원이 부족하다는 거요?"

"그렇습니다. 징집을 해야 합니다."

"말도 안 되는 소리!"

그 말에 체르덴코는 목소리를 높였다.

"이건 특별 군사작전이오! 특별 군사작전!"

전쟁이 아니라 특별 군사작전. 그게 지금까지 체르덴코와 러시아가 주장하는 거다. 그렇게 함으로써 자국민의 동요와 외부적 충격을 막고 있었다.

그런데 징집을 한다? 그건 군사작전이 아닌 전쟁이라는 거다.

"하지만 이대로는 도리어……."

"도리어 뭐요?"

체르덴코가 목소리를 높여 묻자 국방부 장관은 잠깐 숨을 멈췄다. 하지만 달리 선택지가 없었다.

"그들이 러시아의 본토에 침공을 감행할 수도 있습니다."

"뭐라고요?"

"저희는 지금 한계에 도달했습니다."

사력을 다해서 몰아붙이고 있는 상황이다. 그런데도 전선은 교착 상태다. 그런데 여기서 인원마저 부족하면 그대로 밀릴 수 있다.

"지금 문제가 되는 것은 장비가 아닙니다, 각하."

1차대전 당시의 무기라 해도 사람이 맞으면 죽는다. 그리고 지금 러시아의 군수 공장에서는 미친 듯이 무기를 뽑아내고 있으니 시간이 걸릴 뿐 무장 문제는 어찌어찌 해결할 수 있다.

아무리 러시아가 부패와 뇌물로 썩을 대로 썩은 상태라 해도 급한 대로 쓸 무기를 뽑아낼 수는 있는 것이다.

물론 어디까지나 총기류 같은 단순한 거고 정밀 무기는 반도체가 없어서 턱도 없지만 말이다.

"문제는 그걸 쓸 사람입니다."

"젠장."

"아니, 최소한 제대로 훈련될 때까지 버틸 사람이 필요합니다."

"그게 무슨 말이오?"

"총 하나만 들고 갈 수는 없지 않습니까?"

아프리카의 군벌도 아니고 총 들고 그냥 돌격시킬 수는 없다.

"최소한 2개월에서 3개월은 훈련해야 전선에서 1인분을 합니다. 문제는 그 2~3개월을 버틸 인원이 없다는 겁니다."

"그러면 어쩌자는 거요!"

체르덴코는 신경질적으로 소리를 질렀다. 사람이 없는데 사람을 훈련시킬 시간이 필요하다니.

그런데 이어지는 말이 아주 충격적이었다.

"일부는 갈아 넣고 일부는 훈련시켜야 합니다."

"뭐라고?"

"전부 다 밀어 넣을 수는 없습니다. 앞에서 진격을 막는 동안 뒤에서 훈련시켜서 추후 반격의 기회를 잡아야 합니다."

"일부는 갈아 넣자고?"

"전선에서는 이렇게 말한다더군요, 신병은 포탄밥이라고."

그 말에 체르덴코는 아무런 말을 못 했다. 충격 받아서?

아니다. 머릿속에서 가능성을 계산하고 있었기에 아무 말도 못 한 것이다.

과연 훈련이 끝날 때까지 얼마나 징집해야 할 것인가?

얼마나 훈련을 해야 할 것인가?

그리고 얼마나 죽을 것인가?

그런 계산들 말이다.

체르덴코에게 그들의 목숨의 가치는 중요하지 않았다. 중요한 건 자신의 권력을 유지하는 거였다.

문제는 국방부 장관의 말이 틀린 것은 아니지만 앞에서 죽을 놈들이 있어야 뒤에서 훈련하는 게 가능하다는 것이다.

알보병만 해도 못해도 한 달 이상은 훈련해야 한다. 그런데 지금 전쟁터에서 가장 필요한 드론을 제대로 움직일 수 있는 놈들을 키우려면 두 달은 더 걸릴 테고, 기갑부대나 포병대 같은 경우는 최소 세 달은 훈련시켜야 최소한의 전투 기동이 가능할 거다.

"끄응, 그들을 빼서 밀어 넣을 수는 없고."

만일 앞에서 죽을 놈들이 없다면 뒤에서 훈련도 끝나기 전에 전쟁터로 병사를 밀어 넣어야 하는데, 그건 결국 끊임없이 병력만 갈아 넣는 악순환이 계속될 수밖에 없다는 것을 뜻했다.

"일부를 죽여야 한다면……."

그러면 방법은 하나뿐이다. 절반은 뒤로, 절반은 앞으로.

"그러면 최소한 50만에서 60만 명은 징병해야 하나 싶은데……."

체르덴코가 나름의 계획을 세우는 그때, 다른 장관 한 명이 그런 체르덴코에게 의외의 이야기를 꺼냈다.

"각하, 범죄자들을 이용하시지요."

"범죄자들? 그놈들이 얼마나 골치 아픈 놈들인지 몰라서 그러는 거요? 그놈들이 갑자기 충성할 리가 없지 않소? 애초에 특별 군사작전에서 형벌 부대를 운영한다는 것도 우습고."

침략 전쟁에서 코너에 밀려서 형벌 부대를 운영한다면 전 세계에서 러시아를 비웃을 게 뻔하기에 당연히 체르덴코는 부정적으로 이야기했다.

그러자 장관이 그에게 빠르게 말을 덧붙였다.

"그들이 아니라 레드그룹을 이용하는 겁니다."

"레드그룹?"

"네, 그들에게 모병 권한을 주는 겁니다. 우리로서는 손해 볼 게 없습니다."

"흠, 그럴 수도 있겠군."

레드그룹에서 모병하는 건 러시아가 아닌 레드그룹의 문제이다.

"더군다나 거기에서 범죄자들이 죽어 나가면 우리 예산에도 도움이 됩니다."

"하긴, 그놈들이 처먹는 것도 장난 아니긴 하지."

"그렇습니다, 각하. 그리고 사면령을 조건으로 하는 경우에는 돈을 거의 주지 않아도 됩니다."

그 말에 체르덴코는 혹했다. 지금 러시아는 미국의 제재로 인해 돈이 없어서 힘든 상태니까.

"그리고 그걸 이용해서 레드그룹을 갈아 넣는 것도 중요합니다."

"레드그룹을?"

"네. 레드그룹이 아무리 각하의 친위대이라지만 요즘 유리 가로프가 선을 지나치게 넘고 있지 않습니까?"

"끄응, 그놈이……."

유리 가로프는 분명 체르덴코의 최측근 중 하나다. 그러니 유리 가로프가 레드그룹이라는 친위대를 이끌게 되는 것은 어찌 보면 당연한 수순이었다.

그러나 레드그룹이 러시아의 지원을 받으면서 전 세계적으로 실적을 보이기 시작하자 상황은 달라졌다.

국가라는 틀에 갇혀 있어서 해외에 힘쓰지 못하는 국방부와 달리 민간 군사 기업인 레드그룹은 전 세계에서 활동이 가능했고, 실제로 아프리카에서 러시아의 지지 세력들을 도와서 쿠데타를 일으키고 정부를 전복하는 실적을 몇 번이나 이뤄 냈다.

그러자 유리 가로프는 자신감을 넘어서 오만방자해지기 시작했다.

"그놈이 요즘 간땡이가 붓기는 했지."

그래도 그것까지는 참을 수 있었다.

문제는 그놈들이 러시아군 대신에 우크라이나에 투입되면서 시작되었다. 부패로 인해 제대로 된 전투를 치를 수조차 없었던 러시아군에 비해 민간 군사 기업인 레드그룹은 무장이나 전투력이 준수해 훨씬 뛰어난 실적을 자랑하기 시작했던 것.

애초에 러시아군은 세계 2위의 군사력을 갖췄다고 알려진 것과 달리 거품도 심하고 돈도 부족해서 제대로 된 훈련을 못 하고 똥군기만 심했으니 그런 결과가 나올 수밖에 없었다.

그리고 유리 가로프는 자신이 '러시아 구국의 영웅'이라고 떠들고 다니기 시작했다.

그런데 독재자에게 가장 경계해야 할 대상은 자신의 자리를 차지할 수 있는 놈이다. 자연히 체르덴코는 그런 유리 가로프를 경계할 수밖에 없었다.

충분한 군사력 그리고 국민들의 지지 그리고 풍부한 실전 경험까지 쿠데타를 일으킬 수 있는 삼박자가 완벽하게 맞아떨어졌으니까.

"그놈들의 숫자를 줄여야 합니다."

"흠……."

"그러니 이참에 그놈들 아래에 교도소에서 징집한 범죄자들을 배치해서 함께 갈려 나가게끔 하는 게 어떨까요?"

"확실히 나쁘지 않은 방법이야."

체르덴코의 입장에서는 참으로 마음에 드는 방법이었다.

러시아에서 불필요한 범죄자들을 갈아 넣으면서 동시에 정적이 될 만한 놈의 세력을 줄일 수도 있다.

특히 마음에 드는 건 그들이 죽어 나자빠지는 동안 자신들은 뒤에서 제대로 된 훈련을 할 수 있다는 거다.

"전선을 유지하면 반격의 기회를 잡을 수 있겠소?"

"네. 가능합니다, 각하."

물론 이건 거짓말이었다. 하지만 여기서 '아니요. 시간을 조금 더 버는 것일 뿐입니다.'라고 말할 수는 없었다.

"그나마 다행인 것은 우크라이나군이 사용하는 거의 모든 무기들이 방어에 특화되어 있다는 겁니다. 일부 공격형 무기들이 없는 건 아니지만 전선만 제대로 고착화하면 우크라이나를 조금씩 갉아먹으면서 버틸 수 있습니다."

"그렇다면 선택지는 하나뿐이군."

여기서 질 수는 없다. 지게 되면 그 정치적 책임은 자신이 져야 하고, 그렇게 되면 자신은 죽는다.

단순히 권력을 잃어버리는 게 아니다. 당연히 다음 권력은 자신의 파벌이 아닌 민주화를 바라는 놈들이 잡을 테고, 그러면 그들은 자신을 무슨 수를 써서라도 죽이려고 할 거다.

체르덴코는 단호한 표정으로 장군들을 돌아보았다.

"징집하도록 합시다. 그리고 교도소에서 인원을 충원하도록 레드그룹에 지시하시오."

결국 역사는 바뀌지 않았다.

⚖️

마침내 떨어진 러시아의 징집령.

그러나 의외로 전 세계가 받은 충격은 약했다. 대부분 이 상황을 어느 정도 예상하고 있었기 때문이다.

오직 러시아만 그간 필사적으로 '그렇지 않다.'라며 눈 가리고 아웅할 뿐이었다.

그랬기에 청와대에서는 비상 회의가 열렸지만 그렇다고 해서 딱히 긴장감이 넘치지는 않았다.

"어떻게 생각하십니까? 예상대로 러시아가 징집령을 선포했는데."

"아마도 20만 명 정도 하지 않을까요?"

"20만 명도 안 될 겁니다. 그래도 50만 명은……."

"아무리 그래도 그렇지, 50만 명은 좀 과한 것 같은데요?"

"모를 일입니다, 저들이 얼마나 병력을 투입할지."

다들 러시아가 징집할 인원수에 대해서도 고민했고 그 후에 러시아의 행보에 대해서도 고민했다.

대외적으로는 한국이 중립을 지키고 있다지만 실제로는 미국 계통의 친서방 정책을 운영하고 있다 보니 러시아 계통의 노동자들의 비자를 급속도로 늘려 러시아의 징집을 은밀히 막고 있었으니까.

노형진은 그들 사이에서 아무런 말도 없이 생각에 잠겨 있었다.

'회귀 전에는 1차 징집에서 30만 명을 동원했는데 말이지.'

문제는 이제는 역사가 너무 많이 바뀌어서 얼마나 동원할지 감이 오지 않는다는 거다.

'회귀 전보다 병력의 소비가 훨씬 많은 것 같단 말이지.'

러시아도, 우크라이나도 병력의 소비에 대해서는 절대 발표하지 않는다. 뉴스만 보면 우크라이나가 선전하는 것 같지만 실상은 그게 아니라는 걸 안다. 우크라이나도 극단적으로 사람들이 갈려 나가는 중이다.

'러시아가 초반에 생각보다 많이 갈려 나갔고.'

그런 걸 보면 징집 인원이 늘어날 가능성이 높긴 하다.

"노 자문 위원. 뭘 그렇게 생각하나?"

전이라면 한참 전에 나섰을 노형진이 조용하게 있자 송정한이 걱정스럽다는 듯 물었다.

"네? 아, 아닙니다. 생각이 좀 많아져서요."

"무슨 생각?"

"징집 인원이 30만에서 40만쯤 되지 않을까 생각 중입니다."

"흠, 그럴 수도 있겠지."

"하지만 동시에 다른 곳에서도 징집이 이루어질 것 같습니다."

노형진의 말에 송정한이 눈을 휘둥그레 떴다.

"다른 곳?"

"교도소 말입니다."

"교도소?"

"네. 갈아 넣을 놈이 필요하니까요."

"그게 무슨 말인가?"

'하긴, 아직 모르겠구나.'

러시아는 훌륭하게 방어전을 치러 낸다. 그리고 그 방법은 다름 아닌 사람을 갈아 넣는 것.

그런데 문제는 그 징집병들이 훈련될 때까지 버텨야 한다는 거다.

물론 징집병들의 상당수가 그렇게 사지로 내밀렸다.

'그리고 항복한 사람들의 이야기에 따르면 개판도 그런 개판이 없었지.'

썩어서 나가지도 않는 총. 그나마도 한 사람당 하나씩 지급되는 탄창과 수류탄 두 개.

마치 2차대전 당시 구소련의 형벌 부대에서 한 명에게는 총, 다른 한 명에게는 총알을 주면서 '총을 든 놈이 죽으면 주워서 쓰고 총알이 든 놈이 죽으면 주워서 장전해라.'라고 지시한 것과 비슷한 수준이었다.

'그리고 그걸 본 사람들은 비웃었지. 현실이 어떤지도 모르면서 말이야.'

사람들은 하나같이 '러시아는 끝났다.', '러시아에 무기가 떨어졌다.'라고 신나게 러시아를 씹었다.

하지만 현실은 좀 달랐다. 진짜 러시아군은 뒤에서 훈련하면서 충실하게 좋은 장비를 갖추고 있었다. 즉, 징집병들에게 그따위 장비가 주어진 것은 그들이 '진짜 러시아군이 준비하는 동안 죽어서라도 시간을 벌어야 하는 존재'이기 때문이었다.

실제로 회귀 전 이 시기에는 러시아군의 무기가 다 떨어진 것 같았지만 후반부에 제대로 무장한 병력이 마구 튀어나와서 결국 우크라이나가 진격을 멈출 수밖에 없는 이유가 되어 버렸다.

'그 점을 감안하면 지금도 과거와 같은 일이 벌어질 거야.'

"말 그대로 갈아 넣을 사람일 겁니다. 러시아는 제대로 된 국가입니다. 닥치는 대로 총알 하나에 목숨 하나를 갈아 넣지 않으면 방어하기가 어려운 입장이 아니라는 거죠. 분명 그들은 제대로 된 병력을 키우려 할 테니 그동안만 버틸 병력을 찾으려 할 겁니다."

"그래서?"

"러시아는 징집병을 밀어 넣는 것도 생각하겠지만 현실적으로는 다른 대안을 찾을 겁니다."

노형진의 설명을 듣던 송정한이 진지한 얼굴로 물었다.

"다른 대안이라면? 흠, 자네는 구소련의 형벌 부대를 말하는 건가?"

"같은 방식을 쓰기야 할 겁니다. 하지만 완전히 똑같이 운영하지는 않을 겁니다."

"무슨 말인가?"

"이건 방어전이 아닌 공격전입니다. 러시아는 지금 특별 군사작전이라고 부르고 있죠."

"그렇지?"

"그런데 형벌 부대를 그렇게 운영하면 어떻게 보이겠습니까? 2차대전 당시에 구소련이 형벌 부대를 어떻게 운영했는지 아시죠?"

"아…… 그건 그렇지."

그건 영화로도, 그리고 소설로도 많이 언급된 사례다. 한 사람에게는 총, 한 사람에게는 총알.

다만 현실과 다른 점이 있다면, 영화에서 모든 징집병들을 그렇게 취급한 것처럼 묘사했지만 실제로는 그렇게 취급한 것은 형벌 부대뿐이고, 그 외 다른 부대에는 제대로 된 무장을 줬다는 것이다.

당시 미국에서 엄청난 무장을 지원하고 있었으니까.

"아직도 그 당시와 같다고 생각하면 곤란합니다. 더군다나 당시의 구소련군은 형벌 부대를 그렇게 운영할 수밖에 없었죠."

왜냐하면 그들은 민간인이 아니기 때문이다.

형벌 부대라고 하니 범죄를 저지른 놈들을 전쟁에 밀어 넣은 거라고 생각하기 쉽지만 사실 그들의 절대다수는 범죄자가 아니었다.

그 당시 형벌 부대의 절대다수는 백군, 그러니까 구소련 이전에 러시아 왕당파를 위해 싸우던 병력과 당에서 축출된 소수의 반동 세력이었다.

그들을 풀어 주자니 반동 세력이라 곤란하고, 그렇다고 죽이자니 숫자가 너무 많았다. 그래서 차라리 소비해 버리자며 만든 게 바로 형벌 부대였던 건데, 반역 집단에 무기와 총을 제대로 줄 리가 없다. 그랬다가는 그게 자신들에게로 향할지도 모르니까.

　　'그러고 보니 이번에 갈려 나가는 사람들과 똑같네.'

　　어차피 죽을 놈들, 그리고 죽어야 하는 놈들이다. 그런 놈들에게 무기를 지급하지 않는 건 예나 지금이나 마찬가지인 셈.

　　"하지만 이번에는 진짜 범죄자로 운영될 가능성이 높습니다. 아마도 지원을 받아서겠죠."

　　"지원을 받아서?"

　　"어차피 가서 죽어도 그만, 살아도 그만 아닙니까?"

　　"흐음."

　　"거기다 그놈들이 숫자가 많은 것도 아니니 러시아에 저항하거나 반기를 들지도 못할 테고요."

　　"하지만 형벌 부대를 국가가 운영하는 건 말이 많을 텐데요?"

　　"국가에서는 그들을 받아 주지 못할 겁니다."

　　그런 범죄자들은 극단적이다. 군사적인 훈련과 통제에 익숙한 기존 병력과 섞이려야 섞일 수가 없다.

　　"그래서 제 생각에는 레드그룹에 속할 거라 생각합니다."

　　"레드그룹?"

　　"네, 레드그룹은 엄청난 인명 손실을 겪고 있습니다. 그걸 보충할 방법이 필요하죠. 그런데 지금은 특별 군사작전이기에 그들을 보충할 방법이 없죠."

"굳이 레드그룹을 동원할 필요가 있습니까? 그냥 군에 넣어 버리면 되지."

노형진은 그 발언을 한 자문 위원을 어이없다는 얼굴로 바라보았다.

"국방 자문 위원이라는 분께서 그런 말씀을 하시면 안 되죠."

"뭐라고요?"

"러시아 국방 정책 모르십니까? 징집병은 전선에 투입 못합니다."

"전선에 왜 징집병을 투입을 못 하…… 아…… 죄송합니다."

그의 얼굴이 확 붉어졌다. 가장 기본적인 것을 착각했다는 사실을 알아차린 것이다.

"하기야 그렇군. 그래서, 이번 징집의 공식적인 목적은 교대지?"

"네, 공식적으로는 그렇지요."

사람들이 잘 모르는 사실 중 하나가 러시아가 징병제와 모병제를 함께 운영하고 있다는 거다.

한국처럼 장교는 모병, 병사는 징병 하는 게 아니다. 부대가 기본적으로 구분되어 있다.

굳이 분류하자면 예비군에 가까운 부대는 징병제, 완전한 전투 편제는 모병제로 구성된다.

그리고 러시아의 법률상 징병된 인원은 절대로 침략 전쟁에 쓸 수가 없다.

'아직은 말이지.'

그래서 러시아가 징병하기 위해 공식적으로 발표한 이유도 '다른 지역에 있는 계약병, 즉 모병된 사람들과 교대하는 것'이었다.

하지만 현실은 그렇게 강제로 끌고 가서 고문하고 두들겨 패고 위협해서 사인하게 만드는 것이었고, 그럼에도 끝까지 저항하면서 사인하지 않으면 사인을 위조하거나 저항하지 못할 때까지 패고는 강제로 지장을 찍는 방식으로 징병에서 모병으로 계약서를 바꾸고 병사들을 전쟁터로 밀어 넣었다.

"그런데 그런 방식으로 범죄자들을 모병한다면 그놈들이 가만있을 것 같습니까?"

"으음……."

그렇잖아도 거칠기로 유명한 러시아의 범죄자들이다. 그런 짓을 하면 무기를 쥐자마자 장교고 동료고 간에 전부 쏴 죽이고 탈영할 거다.

'그래서 나중에 아이러니한 일이 벌어지지.'

제대로 징병되지 않자 러시아 군부는 한국의 6.25전쟁에서처럼 길거리에서 아무나 끌고 가서 전쟁터로 밀어 넣었다.

하지만 그 난리가 난 와중에서도 러시아의 교도소에서는 절대로 모병할지언정 징병은 하지 않았다. 그랬다가는 진짜로 전부 죽을 수도 있으니까.

"그러면 자네가 보기에는 한국에 들어와 있는 러시아 청년들을 돌려보내 달라고 요청할 것 같나?"

"아마도 그러겠죠. 하지만 그렇다고 청년들을 순순히 내보낼 수는 없죠."

"그러겠지. 돌아가는 순간 러시아군의 병력이 될 테니까."

한국이 중립을 지킬 수 있었던 이유는 이런 상황에서 러시아 청년들을 엄청나게 고용해서 사실상 수십만에 달하는 전투 병력을 외부로 빼돌렸기 때문이다.

수십만 명을 죽이는 것보다 수십만 명을 빼돌리는 게 훨씬 이득이니까.

"그러니 우리는 반대로 행동해야 합니다."

기억이 맞다면 러시아에서 엄청난 숫자의 이탈이 시작될 거다. 지금도 적지 않은 숫자가 불안감에 한국에 와 있지만 그보다 더한 수의 사람들이 피난하고 싶을 거다.

"그들이 한국으로 들어오면 출국을 막아야죠."

"그, 이번 러시아 발표를 보니까 징병 거부도 가능하던데요?"

그때 누군가가 조심스럽게 물었다.

"안 가면 그만 아닙니까?"

"아, 그 조항을 제대로 안 보셨나 보군요."

"네? 아, 네. 러시아 정부에서 발표한 것만 확인했습니다만."

"그거 서류를 내는 곳이 어디인지 아십니까?"

"아니요."

"러시아의 병역판정검사소입니다."

노형진의 말에 그 사람의 표정이 당혹감으로 물들었다.

"네?"

"그리고 우편이나 이메일 접수는 안 받습니다. 직접 일대
일로 접수해야 합니다."

"그게 뭔……."

"말장난하는 거죠."

징병을 거부하기 위해 러시아의 병역판정검사소에 방문하
는 순간 누군가에게 끌려갈 테고, 그들이 눈 뜨는 곳은 아마
우크라이나군의 대포 앞일 거다.

"저라도 그런 놈들부터 죽이려고 할 겁니다."

어차피 죽어야 하는 놈들이라면 그런 도망가는 놈들부터
죽이려 할 게 당연한 일.

"현실적으로 징병 거부는 불가능할 겁니다."

"허?"

"하지만 우리가 러시아에 중립을 지킨다고 했는데 안 보내
주면……."

"글쎄요? 중립도 중립 나름이지요. 우리가 중립이라고 말
하고 있지만 진짜로 중립이라고 보기는 애매하지 않습니까?"

이미 전 세계에서 진행 중인 러시아의 경제제재에 동참하
고 있다. 어쩔 수가 없다. 미국에서 극도로 예민하게 반응하

니까.

"중립이라지만 그건 어디까지나 무기류를 우크라이나에 주지 않는다는 겁니다."

"으음……."

"그럼에도 불구하고 러시아가 지금 한국을 중립으로 분류하는 건 최소한의 인도적 지원이 한국을 통해 이루어지고 있기 때문이죠."

노동자에 대한 노동 그리고 코델09바이러스 이후 생존 프로그램이 러시아의 실직 노동자들에게 제공되는 상황이니 마냥 한국을 적성 국가로 분류할 수는 없다.

그랬다가는 생존 자체가 불가능해진 노동자 계층이 들고 일어날 가능성을 무시하지 못하기 때문이다.

"그런 상황에서 우리가 그 청년들을 돌려보내면 미국에서 예민하게 반응할 겁니다."

"그건 그렇지."

미국은 무기를 제공하지 않는다는 전제하에 한국이 러시아 청년들을 국내에 체류시키는 걸 용인한 거니까.

"그러니 절대로 돌려보내서는 안 됩니다. 도리어 받아들여 줄 수 있다면 받아들여 줘야 합니다. 어차피 우리는 손해볼 게 없지 않습니까?"

"그건 그렇다고 하더군."

러시아 노동력을 받아들이기 시작하자 한국에서 노동력으

징집령의 함정 219

로 갑질하던 중국 노동자의 수가 급속도로 줄어들기 시작했다. 정확하게는 경쟁자가 나타나니 과거처럼 갑질을 못 하게 된 것이다.

'당장 건설 현장만 봐도 그렇지.'

건설 현장에서 중국인 노동자들은 개판도 이런 개판이 없었다. 일을 제대로 하지 않는 것은 둘째 치고 보란 듯이 개구멍을 만들어서 자재를 빼돌리거나 일을 내팽개치고 도망갔다가 저녁에 와서 돈 내놓으라고 깽판 치고, 그걸로 뭐라고 하면 패거리를 만들어서 고용자들을 압박했다.

심지어 한국인 노동자들을 고용이라고 할라치면 한국인 고용하지 말라고 패거리로 몰려가서 폭행하기도 했다.

'하지만 지금은 그렇게 못 한다던데.'

일단 러시아 남자들이 더 덩치도 크고 더 거칠다. 거기다가 러시아 남자들이 한국에서 일하는 문제가 돈이 아닌 생존의 문제가 되어 버렸다.

회사에서 잘린 뒤에 일정 기간 안에 다른 자리를 구하지 못하면 러시아에 끌려가서 '폭탄밥'이 되어야 하기 때문이다.

그러니 중국인 노동자가 깽판이라도 칠라치면 눈이 돌아가서 그들을 두들겨 패서 쫓아내고 있었다.

"우리는 역으로 인권적인 면에서 러시아 노동자들의 입국률을 늘려야 한다고 생각합니다."

"그렇게 되면 러시아가 싫어하겠군. 하지만……."

"최소한의 식량과 지원을 우리가 하고 있으니 거부는 못 하죠."

실제로 한국을 통한 긴급 생계 지원이 없으면 얼마나 많은 러시아의 가족이 굶어 죽을지 감이 잡히지 않는 상황.

"그러면 자네 말대로 러시아 노동자의 입국을 대폭 늘리도록 하지. 어차피 중소기업이나 시골에서는 인원이 부족하다고 난리니까."

"네, 그게 좋겠습니다."

"다만 자네가 말한 그 레드그룹의 범죄자 징병에 관해서는, 끄응, 모르겠군. 우리와는 딱히 관련이 없어 보이는데 말이지."

"저도 그렇게 보입니다."

러시아의 범죄자들이 전쟁터에서 죽든 말든 그건 노형진이나 한국과는 관련이 없다. 도리어 노형진은 그게 더 나을지도 모른다는 생각을 하기도 했다. 왜냐하면 회귀 이전에 이미 한번 그 꼴을 봤기 때문이다.

'대부분의 범죄자들은 강력범죄자니까.'

회귀 전 기준으로 레드그룹은 사면을 핑계로 범죄자들을 징집했었다. 그런 그들이 내건 조건은 6개월간 레드그룹에서 복무하며 우크라이나 전쟁터에서 버티면 사면하고 풀어준다는 것이었다.

'그런데 누가 섣불리 지원하겠어?'

6개월간 버티면 풀어 준다. 그럴듯한 조건이지만, 그 배후에 모집된 병사의 생존률에 대해서는 말이 없다. 왜냐하면 실제로 그렇게 투입한 범죄자의 생존율이 15% 미만이었기 때문이다.

　하지만 그럼에도 불구하고 지원하는 사람들의 숫자가 또 적은 건 아니었다.

　애초에 그런 상황에서 러시아의 모병 서류 사인을 한다는 것 자체가 최소 징역 3년 이상의 엄청난 범죄를 저질렀다는 의미이기 때문이다.

　상식적으로 죄를 지어서 형량이 한 1년인 사람이 미쳤다고 전쟁터에 목숨을 걸고 나가겠는가?

　즉, 그게 뜻하는 바는 하나뿐이다. 최소한 목숨 걸고 전쟁에 나가는 것 자체가 강력범죄를 저질렀다는 것.

　진짜로 밖으로 나오지 못할 범죄자들을 포함해서 말이다.

　실제로 3년 이내의 형량을 가진 사람들은 극도로 지원률이 낮았다. 전쟁터에서 높은 확률로 죽느니 차라리 감옥에 있겠다는 거다.

　개똥밭에 굴러도 이승이 좋다는 말이 괜히 생긴 게 아니니까. 실제로 회귀 전 참전한 범죄자들 중 끝끝내 살아남아 사면받은 일부가 또다시 범죄를 저질렀는데, 그 상황이 몹시 심각했었다.

　"하지만 우크라이나와는 상관이 있죠."

"뭐라고?"

예상치 못한 노형진의 발언에 회의실 안에 있는 송정한을 비롯한 사람들이 놀란 얼굴로 그를 바라보았다.

노형진은 그런 시선에 개의치 않고 입을 열었다.

"아무래도 우크라이나에 다녀와야 할 것 같습니다."

"우크라이나에?"

"장기적으로는 우크라이나가 한편이지 않습니까?"

러시아가 중요한 시장이고 장기적으로는 척지면 곤란한 대상이기는 하지만, 우크라이나는 현재 미국과 전 세계의 지원을 받고 있다. 지금 그들과 거리를 두는 건 장기적으로는 서방 세계와 거리를 두는 것으로 보일 수밖에 없다.

"하긴, 그건 그렇지만……."

"그러니 저 혼자 조용히 가야지요."

한국에서 공식적으로 사람을 보내거나 물건을 보내는 건 위험하다. 하지만 마이스터의 대리인으로서 노형진이 가는 건 아무리 러시아라 해도 뭐라고 할 수가 없다.

실제로 우크라이나에는 마이스터의 공장이 있고 그곳에서 엄청난 군수물자를 생산하고 있으니까. 기업 시찰이 목적이라고 하면 뭐라 할 수도 없다.

"한국과 연관된 거 아닙니까?"

노형진의 말에 다른 자문 위원 한 명이 걱정스럽게 물었다. 아무래도 한국이 외부적으로 친미 성향의 중립을 보인다고 해도 직접 연관되면 곤란하니까.

"아니요. 그건 아닙니다. 우크라이나에 도움이 되기야 하겠습니다만."

노형진은 피식 웃으며 말했다.

"러시아가 한국에 항의하거나 의심할 일은 없을 겁니다."

물론 러시아 입장에서는 머리가 빠개질 듯 아프겠지만 말이다.

사실상의 전면전

우크라이나는 전쟁 중이지만 모든 국토가 다 불타고 있는 건 아니다. 전선은 난리가 났지만 그래도 후방은 그럭저럭 굴러가는 상황이었다.

완전 전면전이긴 하나 공식적으로 러시아가 우크라이나를 초토화 전술을 쓸 이유가 없기 때문이다.

그렇다고 민간인에 대한 공격이 전무한 건 아니지만 우크라이나가 완전히 질려서 저항을 포기할 정도의 공격은 지금의 러시아에 불가능했다.

"전시가 아닌 것처럼 느껴지네요."

창밖의 모습을 보면서 왠지 묘한 기분에 사로잡힌 로버트가 말했다. 우크라이나에 공식적으로는 마이스터의 업무 차

방문한 것이라 로버트를 대동한 것이었다.

"그렇죠. 아무 생각 없이 보면 참 고요한 모습이죠."

길을 걷는 사람들, 아이들을 데리고 다니는 사람들.

모두의 모습은 마치 일상적이고 평범해 보였다.

"한 가지만 빼고요."

"한 가지?"

"남자가 없지 않습니까?"

"하긴, 그렇군요."

큰 나라에는 국지전일지 몰라도 작은 나라에는 전면전일 수밖에 없다. 당연히 우크라이나의 거의 대부분의 남성들은 모조리 전쟁터에 나가 있었고, 길거리에는 노년의 남자나 여자, 아이뿐이었다.

"전쟁이 두려운 건 사람의 일상뿐만 아니라 마음도 부수기 때문 아니겠습니까?"

"후우~ 그건 그렇죠."

무너진 건물은 세우면 된다. 황폐화된 도시는 재건하면 된다.

하지만 포성의 두려움이나 자식을 잃은 부모의 절망, 아버지를 잃은 아이들의 공허함은 한 번 경험하면 다시는 잊을 수 없다.

"그나저나 미국에서 뭐라고 하던가요?"

"미국에서는 딱히 놀랍지는 않다는 분위기입니다."

"하긴."

언제가 되든 결국 징집은 이루어질 거라는 걸 미국은 예측하고 있었을 거다. 얼마나 많은 사람들이 갈려 나가는지 누구보다 잘 아는 게 미국이 아니던가?

"미 정부의 대응에 대해서는 나온 게 없고요?"

"공식적으로는 없습니다."

이미 무기 지원이 끊임없이 이루어지는 상황이니 그 상황에서 숫자를 더 늘린다 한들 러시아에 전선을 돌파할 능력이 생기는 건 아니다.

21세기의 전선 돌파는 절대 보병만으로는 불가능하다. 그런데 현재 러시아의 기갑은 거의 대부분 갈려 나가고 있는 상황.

후방에 아예 없는 것은 아니지만 그 기갑부대를 지금 투입할 이유가 없다.

'전선에서 고기 방패들이 신나게 갈려 나간 후에 역습을 노릴 때 이용하고 싶을 테니까.'

그건 러시아뿐만이 아니다. 지금 우크라이나도 엄청난 숫자의 기갑부대를 후방에 배치하고 있다. 왜냐하면 반격할 기회를 노리기 위해서다.

비록 노형진이 개발한 무인 터렛과 드론으로 인해 인명 피해가 줄었다지만 그건 어디까지나 줄어든 거지, 없는 게 아니다.

그럼에도 불구하고 탱크와 기갑부대를 투입할 수는 없었

다. 러시아도, 우크라이나도 한 방에 뒤집을 기회만 노리고 있으니까.

'게임이었다면 영혼의 한 타 싸움이겠지만.'

그러나 이건 전쟁이고 누군가의 목숨이 사라지는 일이기에 그렇게 표현할 수가 없었다.

"그나저나 개발 중인 하이브는 어떻습니까?"

"아, 지금 어느 정도 진척이 있습니다. 배터리 문제가 좀 곤란하기는 합니다만 어차피 장시간 비행할 물건이 아니니까 조금만 더 효율을 늘리면 될 거라 하더군요. 그렇지만 생각도 못 했습니다, 소형 자폭 드론이라니."

"결국 무기는 창과 방패의 싸움이니까요."

현재 드론은 전선에서 가장 격렬하게 사용되는 무기 중 하나다. 그런데 정작 그 드론을 막기 위한 무기가 현재로서는 마땅한 게 없었다.

총으로 막자니 맞히기 힘들고, 헬기를 띄우자니 의외로 그런 드론을 막기 위한 적당한 무장이 없다.

정확하게는 기총 사격으로 막을 수 있겠지만 빗나가는 경우 인명 피해가 발생할 수 있기에 주저하게 되는 것이다.

그렇다고 대공포를 쓰자니 드론이 너무 작다.

실제로 한국에서 개발한 K-30 비호 대공포를 차세대 드론 킬러니 뭐니 하면서 홍보했지만 실전 테스트를 해 보니 드론을 제대로 맞히지도 못했다.

그 결과, 비호 대공포를 드론 방어용으로 팔려던 시도는
실패했다.

"확실히 드론에 대응할 만한 마땅한 방어 체계가 없죠."

드론을 막기 위해 여러 곳에서 다양하게 연구하고 있다.
조종하는 전파를 막는 장비나 그물망이나 아예 해킹하는 등
온갖 최신 장비가 개발되고 있다.

그러나 노형진은 구형 장비에서 아이디어를 얻었다. 바로
유도미사일 말이다. 현대전에서 거의 모든 장비는 발사 후
망각 형태로 운영된다. 발사 후에 신경 쓸 필요가 없도록 미
사일에 장착된 장비가 표적을 자동으로 추적해 명중시키는
거다.

효율적이지만 미사일이 비싼 원인이기도 하다.

그런데 노형진은 과거의 방식, 즉 레이더를 쏜 뒤 표적의
위치를 공유해 추적하여 명중시키는 방식을 선택했다.

지상에서 레이더로 목표인 드론을 포착하면 레이더 차량
에 탑재된 소형의 자폭 드론이 레이더로 계속 추적하면서 날
아간다.

어차피 자폭용이기에 비행 거리는 다른 드론에 비해 짧아
도 그만.

그 대신에 작고 빠르다. 그래서 한 대의 차량에서 수십 개
의 드론을 충전하면서 동시에 발사할 수 있다.

그리고 그렇게 날아간 드론은 상대방 드론 근처에 도달하

는 순간 자폭한다.

사람들은 미사일이 비행기에 들이받아 격추시킨다고들 생각하지만 사실 그런 미사일은 현대에 거의 없다.

지금은 그 대신에 비행기가 지근거리에 들어오면 미사일이 폭발하면서 엄청난 파편으로 격추시키는 방향으로 발전해 왔다.

이 하이브라는 장비도 마찬가지다. 극단적으로 빠른 레이더 감시 차량, 속칭 '둥지'에서 빠르게 날아오른 하이브[벌떼]는 타깃인 드론을 순식간에 따라잡은 뒤 그 근처에서 자폭하여 격추시킨다.

어차피 드론은 비행의 한계로 인해 그 방어력이 너무나 뻔하기에 그것만으로도 충분히 비행 능력을 잃고 추락해 버린다.

둥지(레이더 감시 차량)는 언제든 말벌을 충전할 수 있고 쉽게 이동할 수 있기에 방어에는 최적이다.

탑재된 레이더도 성능이 좋은 건 아니라서 장거리 탐지는 못한다.

현대 드론전에서 가장 골치 아픈 것 중 하나가 바로 드론의 탐지 그 자체다. 기존 레이더는 드론을 새로운 것으로 인식할 가능성이 높다 보니 노이즈 필터링에서 아예 지워 버리기 때문이다.

그렇다고 레이더를 정밀하게 작동하면 온갖 새들이 날아다니는 것부터 바람에 날리는 쓰레기까지 다 걸리기에 그 한계가 명확하다.

그러나 그건 역으로 성능을 낮추면 해결되는 문제다. 드론의 사거리는 구조적으로 짧다. 그러니 가까이서 빠르게 격추하는 방식으로 바꾸면 레이더로 감시하기가 편해진다.

딱히 전쟁 상태가 아니면 당장 위협이 되는 자폭 드론은 거의 없을 테고, 전쟁 상태라면 매일같이 포성이 터지는 곳에 새들이 날아다니지는 않을 테니까.

"다만 드론의 속도의 한계가 명확해서요. 그걸 연구 중입니다."

"계속 연구하세요. 무조건 우리가 먼저 완성해야 합니다."

드론의 개념은 이제 전쟁의 역사를 바꾸고 있다. 한국의 장군들은 아직도 드론을 애들 장난감 취급하고 있지만 전 세계에서 난다 긴다 하는 나라들은 이제는 미사일보다는 드론에 집중하는 상황.

"네, 알겠습니다."

로버트의 보고를 받으면서 노형진은 우크라이나의 안전 가옥으로 향했다.

물론 최전방은 아니다. 아무리 우크라이나라 해도 최전방에 노형진을 두는 위험부담을 감수할 수는 없으니까.

그렇게 도착한 안전 가옥은 한때 호텔이었던 건물이었다.

일반적으로 이런 대형 건물은 러시아의 1순위 표적이지만 이곳은 후방이라 거리가 먼 데다 결정적으로 현재까지 러시아가 지하를 공격할 만한 마땅한 무기를 보여 주지 못하고 있기에 안전했다.

러시아에도 그런 벙커 버스터 계열의 무기가 있지만 사용하는 모습을 보여 준 적이 없고, 일반 미사일로는 이런 초대형 호텔의 지하를 공격하기에 파괴력이 부족하기 때문이다.

더군다나 임시로 은밀하게 만나기로 한 장소인 만큼 러시아가 최후방인 여기까지 공격할 가능성은 거의 없었다.

"환영합니다."

노형진과 로버트가 차량에서 나오자 한 대머리 남자가 땀을 흘리면서 다가왔다.

"우크라이나의 국방부 차관인 요프젠이라고 합니다. 죄송하게도 대통령 각하와 국방부 장관께서는 상황이 상황인지라……."

"괜찮습니다. 전쟁 중인데 쉽게 빠져나오실 수는 없겠죠."

은밀하게 다닌다지만 대통령이 최후방으로 간다는 것은 생각보다 군의 동요를 일으킬 수 있는 일이다. 특히 카진스키같이 전방에서 지휘하는 모습을 많이 보여 준 대통령은 더더욱 후방으로 빠지는 것이 조심스러울 수밖에 없다.

당장 한국도 그런 사태가 있은 뒤에 한국군이 걷잡을 수 없이 무너지지 않았던가.

"일단 이렇게 허름한 곳에 모시게 되어서 죄송스럽게 생각합니다."

"아닙니다. 그런데 뭔가 급하게 하실 말씀이 있나 본데……."

노형진은 고개를 갸웃했다. 자신이 우크라이나에 방문한다고 하자 우크라이나에서 은밀하게 여기로 와 달라고 부탁했기 때문이다.

후방에 위치한 안전한 다른 곳을 두고 굳이 여기까지 와 달라는 건 뭔가 다른 이유가 있을 수밖에 없다.

"아직은 외부에 드러나지 않았습니다만 보셔야 할 게 있어서요. 그렇잖아도 저희 쪽에서 조만간 이야기하려고 했습니다만."

"어떤 걸 말씀하시는 건지…….."

"따라오시죠."

요프젠 차관은 노형진과 로버트를 데리고 지하로 내려갔다.

"밖에서 보여 드려도 되기는 합니다만 여기에 뭐가 있는지 몰라서 방어가 가능한 곳을 선택한 겁니다. 추적이라도 가능하면 머리가 아프니까요."

"추적?"

노형진은 추적이라는 말에 고개를 갸웃했다. 그러나 곧 어이없어져서 헛웃음이 나왔다.

"허허허, 어이가 없네. 로버트, 이거 제가 생각하는 그거 맞죠?"

"네, 맞습니다. 디자인이…… 그냥 빼박이네요."

"최소한의 디자인 변경도 하지 않았군요."

"어차피 미국 기업이 개발한 것이니 눈치 볼 이유도 없다

이거겠죠."

"아무리 그래도 그렇지."

눈앞에 있는 건 몇 가지 장비였다. 그런데 그게 전부 눈에
익은 물건이었다.

무선 터렛, 무선 대전차미사일 발사 장치 그리고 건물에
설치하는 광범위 부비 트랩 등등.

문제는 이걸 개발해서 파는 게 마이스터라는 거다.

정확하게는 마이스터에서 개발해서 특허 등록을 했기에
다른 나라에서는 그걸 써선 안 된다.

조금 우회하는 방식이나 다른 메커니즘으로 만드는 거야
뭐 막을 수 없다지만 이렇게 대놓고 똑같이 만들 수는 없다.

결정적으로 이 장비들에는 단 한 번도 러시아 글자가 적혀
있던 적이 없었다.

우크라이나가 한때 구소련 소속이었기에 러시아어를 아는
사람이야 많겠지만 공식적으로 우크라이나어와 러시아어는
다르고 자신들이 우크라이나에 판매할 때는 당연히 우크라이
나 언어를 넣어서 팔지, 러시아어를 넣어서 팔지는 않는다.

"뭡니까, 이거?"

"저희가 수색 중에 발견한 겁니다. 그것도 여러 곳에서 발
견했습니다. 다행히 폭발은 하지 않았습니다만."

대전차미사일 발사 장치나 드론이야 뭐, 쓰는 놈들이 도망
갔거나 죽었다면 회수할 수 있었을 거다. 하지만 광범위 부

비 트랩의 경우는 수색을 위해 계단으로 올라오는 사람들을 노리는 물건이기에 터지지 않은 게 운 좋은 거였다.

"얼마나 발견되었습니까?"

"여기에는 하나씩만 가져다 둔 겁니다만……."

"방어선에 쭈욱 깔고 있나 보군요."

"네, 그렇습니다."

"이제는 특허고 뭐고 그냥 무시하겠다 이거군요."

노형진은 그걸 보고 쓰게 웃었다.

"예상은 했습니다만."

신무기가 나오면 그걸 따라 하는 건 당연한 일이다. 하지만 현대전에서 그러는 경우는 거의 총력전에 상응하는 때뿐이다.

그럴 수밖에 없는 게 전 세계적으로 특허라는 제도가 있으니까.

심지어 2차대전 당시에도 상대방의 기술을 훔치고 따라 하기는 했지만 최소한 동맹국이나 중립 국가의 동의를 얻는 게 일반적이었다.

"그런데 이거…… 제가 다 아는 건 아닙니다만 다른 부분이 없어 보이는군요."

노형진이 개발자가 아닌 만큼 분석에서는 한계가 명확하다. 하지만 그럼에도 불구하고 수차례 시연할 때 본 실제 장비들과 거의 비슷하다는 것은 부정할 수가 없었다.

"우리의 반격을 막기 위해 러시아가 이것들을 조금씩 투입하는 모양입니다."

"러시아가 미쳤군요."

로버트는 어이없다는 듯 무기들을 만지작거리며 말했다.

"아무리 생각해도 지금 상황에서 이건 미친 짓인데요? 그쪽 이야기대로라면 전면전도 아니잖습니까?"

특별 군사작전이니까. 더군다나 러시아는 침략하는 쪽이지, 방어하는 쪽이 아니다.

"뭐, 어차피 사용 허가를 신청해도 내주지 않을 걸 아니까 얼굴에 철판을 까는 것 같습니다."

요프젠 차관은 한숨을 쉬며 말했다.

"어차피 나중에 해결하면 그만이라고 생각하겠죠. 애초에 지금 러시아가 돈을 줄 형편도 아니지 않습니까?"

"그건 그렇죠."

달러가 모조리 묶여 있으니까 주고 싶어도 못 줄 거다.

"이걸 어떻게 해야 할까요?"

"어이없지만 현재로서는 방법이 없군요."

노형진은 쓰게 웃으며 말했다.

"저희가 항의한다 한들 들어 처먹을 리도 없고요."

"후우, 그러겠죠."

물론 국제적으로 규탄받고 욕도 좀 먹겠지만 사람도 학살하는 판국에 특허권 위반이야 눈도 깜짝하지 않을 거다.

"그러면 러시아 놈들이 이것들을 쓰는 걸 두고 봐야 하는 겁니까?"

요프젠 차관은 얼굴이 창백해졌다. 그도 그럴 게 자기들이 쓸 때는 몰랐는데 막상 당하기 시작하자 답이 없었기 때문이다.

소위 똥포라고 불리는 박격포도 쏘는 사람들 입장에서는 21세기에 명중률이 떨어져서 더럽게 안 맞는, 그래서 '똥포'라고 불리는 계륵 같은 존재 취급이지만 그걸 당하는 입장에서는 완전히 이야기가 달라진다.

내가 맞지 않아야 살아남을 수 있는 괴물이고, 피하고 싶어도 완전 랜덤으로 떨어지니 마음대로 피하는 것도 힘들다.

더군다나 박격포에 피격돼서 동료들이 죽어 나자빠지기 시작하면 박격포 특유의 '피융' 하는 휘파람 소리에 가까운 특유의 소리가 악몽 그 자체가 된다.

그래서 온갖 최첨단 무기가 넘쳐 나는 21세기에도 가벼워졌을지언정 여전히 박격포가 사용되는 것이다.

더군다나 과거에는 포탄이 터지면 거기에 들어가면 반동으로 인해 조금씩 탄착 지점이 바뀌어서 포탄 구멍에는 포탄이 두 번 떨어지지 않아서 안전하다는 말도 있었지만 지금은 반동을 아주 확실하게 잡아서 떨어진 위치에 또 떨어지는 경우도 많아서 당하는 사람 입장에서는 요행만 바라는 것뿐이었다.

박격포도 그런데 방어용 무기라니. 기회를 틈타서 반격의 타이밍을 노리던 우크라이나 입장에서는 이것만큼 곤란한 일이 없었다.

그런데 그 순간 노형진의 머릿속에 좋은 생각이 떠올랐다.

"아, 어쩌면 다른 방식으로 공격할 수 있을지도 모르겠군요."

"네? 어떤 방법이요?"

"러시아를 특허침해로 고소하는 겁니다."

노형진의 말에 로버트는 고개를 흔들었다.

"미스터 노, 그건 의미가 없습니다. 이미 러시아는 전 세계에서 경제제재를 받고 있습니다. 게다가 그놈들이 특허침해를 하고 있는 것도 한둘이 아닐 테고요."

실제로 러시아 무기들이 전부 자국 기술로만 만들어진 것은 아니다. 어떤 무기에는 외국의 기술이 들어가 있기도 하다.

당연히 그런 기술들은 전쟁 발발과 동시에 사용 못 하게 계약이 강제로 끊어졌겠지만, 러시아는 여전히 그 기술들을 이용해서 꿋꿋하게 무기를 찍어 내고 있다.

부품을 해외에서 사 올 수 없다? 그러면 자기들이 만들면 되는 거라고 생각한 것이다.

물론 원본보다는 성능이 떨어질 가능성이 높지만 그렇다고 해서 아예 못 쓸 정도는 아닐 거다.

당장 한국도 K-2 전차에 들어가는 통합 엔진의 성능이 떨어져서 한국 걸 못 쓰는 거지, 한국에 자국 기술로 개발한 엔진이 없는 것은 아니었다.

"그러니까 그걸 노리자는 거죠."

"네?"

"지금 마이스터뿐만 아니라 다른 나라들도 그런 피해를 입을 테니까 그 소송을 통해 자금을 압류하는 겁니다."

"하지만 이미 러시아의 계좌가 동결된 상태입니다만?"

노형진에게 다시 설명해 주려고 하는 로버트.

그런 그에게 노형진이 다시 말했다.

"모든 돈은 아니죠."

"모든 돈은 아니라니요?"

"중국과 인도가 있지 않습니까? 사실 중국과 인도가 도와주고 있어서 러시아가 지금까지 버티는 거 아닙니까? 아닌가요?"

"확실히 그건 그렇습니다만…… 아!"

국제적 제재에도 불구하고 중국과 인도는 러시아를 도와주고 있다. 한 다리를 거쳐서 사야 하니 가격이 좀 오르기야 하겠지만 그것만 감수한다면 러시아는 필요한 최소한의 장비와 물품을 구할 수 있다.

"은밀하게 제3국을 통해 거래하는 건 딱히 비밀도 아니죠."

"그건 그렇죠."

'한국도 그랬는데, 뭘.'

반도체 때문에 한국이 한번 발칵 뒤집어진 적이 있었다. 중국제 장비에 한국의 반도체 기업이 제작한 반도체가 들어갔기 때문이다.

그런데 때마침 미국이 중국과 반도체 전쟁을 하는 중이라 '중국에 반도체를 팔 경우 미국에 뭐 팔아먹을 생각 말아라.' 라고 으름장을 놓던 판국에 터진 일이라 그 기업은 기겁했다. 미국 시장을 잃으면 회사가 망하게 생겼으니까.

더군다나 재고를 이용한 것도 아니고 제조 연월일이 최근인지라 당연히 난리가 날 수밖에 없었다.

결과적으로 흐지부지되기는 했지만 당시 사람들은 중국에서 제3국가를 통해 우회 수입해서 썼다고 판단했었다.

"그 일을 생각해 보시면 됩니다. 우리와 다른 피해자들은 러시아에 소송을 걸 수 있죠."

"확실히. 그리고 국제 소송은 돈을 압류할 수가 있군요."

"맞습니다. 이건 국제제재와는 완전히 다르니까요."

국제제재는 기본적으로 지원하는 나라들만 할 수 있다. 예를 들어 북한은 수십 년째 유엔으로부터 국제제재 대상이지만 여전히 버티고 있다.

그리고 그런 북한을 도와주는 중국과 러시아는 유엔이나 다른 나라들의 항의에 '조 까라!'라는 태도로 무시하고 있다.

지금의 러시아도 마찬가지. 서방 국가들과 한국 등 친미 국가들은 러시아 제재에 동참하고 있지만 중국과 인도 그리고 이란 등은 여전히 러시아와 손잡고 돈과 무기를 지원해 주고 있다.

"하지만 그런 국제제재와 별개로 소송을 통한 자산 압류는 다른 법의 적용을 받죠."

한국법에도 그런 게 있지 않나. A와 B가 소송으로 붙었는데 A의 돈을 C라는 은행에서 보관하는 경우 B는 C은행에 가압류를 걸어서 A가 돈을 빼는 걸 막을 수 있다.

그리고 아무리 중국과 인도라 할지라도 그걸 무시할 수는 없다. 왜냐하면 그건 국제적인 관계에 대한 정치적 문제가 아니라 무역의 영역에서의 조약의 영향을 받기 때문이다.

"그리고 그걸 거부할 경우 중국이나 인도도 그 조약을 거부한 셈이 되죠."

그러면 어떻게 될까? 당연히 다른 조약 가입국에 법적인 보호를 받지 못하는 상황이 되어 버린다.

"피해 주체가 달라지네요?"

"그렇죠."

국제제재라면 러시아가 피해를 입겠지만 이 경우 국제사법재판소의 요청을 거부하면 그 피해 주체는 러시아가 아닌 중국이나 인도가 될 수밖에 없다.

"물론 모든 걸 다 막을 수는 없겠지만요."

"조금이라도 흐름을 막을 수 있다면 상황이 달라지겠군요."

당연히 러시아에 들어가는 물자가 줄어들 테고, 그렇게 시간이 흐르면 러시아는 버티기 힘들어질 거다.

"오, 그런 방법이."

그 말에 요프젠 차관의 얼굴이 환해졌다.

"물론 그건 오래 걸릴 일입니다. 일단 돌아가서 해야 할 일이고요."

"그거라도 가능하다면 다행입니다. 러시아에 타격만 줄 수 있으니까요."

"하지만 러시아가 무기를 복제하는 건 멈추지 않을 겁니다."

"끄응, 어쩔 수 없죠."

요프젠 차관은 안타깝다는 듯 혀를 끌끌 찼다.

"일단 그 부분은 저희가 좀 알아보겠습니다. 드론을 더 투입해서 수색하든가 해야겠네요."

"그것도 방법이죠."

결국 무한대의 드론이 투입될 수밖에 없는 상황이었다.

"그나저나 이번에 저희를 찾아오신 이유가 있다고요? 러시아 징집병과 관련해서 말씀하시던데."

"네, 우크라이나는 징집을 시작한 러시아에 대해 어떻게 대응하실 생각인가요?"

"글쎄요. 지금으로서는 방법이 없지요. 바뀌는 것도 없고요. 결국 언젠가는 몰려올 거라는 걸 알고 있었으니까요."

알아도 대응책이 별로 없는 상황이었기에 요프젠 차관은 쓰게 웃을 수밖에 없었다.

"그나마 다행스러운 점은 러시아가 알보병으로 밀어 넣을 거라는 건데."

노형진은 그 부분에 대해 아무래도 추가로 설명해 줘야 할 것 같아서 그에게 이야기를 꺼냈다.

"공산권 특유의 전술을 잘 모르시나 보군요."

"네? 저희는 공산권 출신 국가입니다만?"

"하지만 지금 교전에 관련된 전략 전술을 짜 주는 건 미국이죠? 아니죠?"

"그건 그런데……."

"그리고 우크라이나는 러시아와 인구 차이를 생각하셔야지요."

"인구 차이라니요?"

"러시아는 30만 명쯤 갈아 넣어도 눈도 깜짝하지 않는다는 겁니다."

"그런……."

"더군다나 공산권 출신이니 아실 텐데요, 공산권 특유의 인명 경시 풍조에 대해서."

"끄응."

그 말을 요프젠은 부정하지 못했다. 인구가 많은 중국과 구소련만의 특징이 아니다. 전 세계에는 수많은 공산권 국가들이 있는데, 그들 또한 인명을 완전히 경시하는 것을 넘어서 소모품으로 인식하고 있었다.

유명한 예로 킬링 필드로 유명한 캄보디아가 있다.

공산권 독재자로 유명한 폴 포트가 권력을 잡고 벌인 학살로, 그 당시 캄보디아 인구의 4분의 1이 죽었다고 한다.

　물론 폴 포트가 유독 미친놈이고, 그 정도가 지나쳐서 전 세계 공산권 국가에서도 미친놈 취급받고 있긴 하지만 그 안에 공산권 특유의 인명 경시 풍조가 녹아 있다는 것도 부정할 수 없었다.

　"러시아는 후방에서 제대로 된 병력을 키우려고 할 겁니다. 그리고 그 과정에서 엄청난 숫자의 국민을 밀어 넣을 겁니다."

　"얼마나요?"

　"30만 이상이요."

　"그렇게까지 말입니까?"

　"권력자에게 중요한 건 자신의 자리를 유지하는 거지 국민들의 목숨이 아니니까요."

　인구의 절반이 죽는다고 해도 그 자리를 지킬 수 있다면 기꺼이 희생하는 게 바로 권력자들이다. 심지어 체르넨코는 아예 주변의 눈치도 보지 않고 대놓고 암살할 정도로 자신의 파워에 집착하는 타입이다.

　그런 타입이 과연 수만 명이 죽는다고 눈치를 볼까? 아마도 수백만 명이 죽어 나간다고 해도 눈도 깜짝하지 않을 거다.

　"그걸 누구보다 잘 아는 게 우크라이나 아닌가요."

　"끄응……."

그건 사실이다. 우크라이나도 공산권 국가 출신이지만 동시에 인원이 부족한 나라이기에 한 명 한 명의 목숨이 중요하다.

당장 건물 계단에 설치하는 무선 부비 트랩만 해도 러시아가 선택한 돌파 방법은 그냥 사람을 갈아 넣는 것이었다.

1개 분대가 소비되면 1개 소대를, 1개 소대가 소비되면 1개 중대를.

그래서 회귀 전보다 훨씬 더 많은 인명 피해가 발생하고 있었지만 그런다고 러시아가 멈추지는 않았다.

"그러니 다른 방법을 찾아서 러시아를 압박해야 한다고 생각합니다."

"하지만 마땅한 방법이······."

없다. 그들이 무장하고 달려오고 있는데 그들에게 총이나 대포를 안 쏠 수는 없다.

그들을 공격하지 않으면 내 사람이 죽는다. 그런 상황에서 그들을 공격하지 않는 사람은 당연히 없다.

"그러니까 그걸 막기 위해 새로운 전략을 내걸어야지요."

"새로운 전략이요?"

"네."

"어떤 전략을 말입니까?"

"간단합니다. 현상금을 내걸면 됩니다."

"이미 현상금은 내걸고 있습니다."

요프젠 차관은 말도 안 된다는 듯 말했다.

"그것도 상당한 금액을 내걸고 있지요."

실제로 현상금 정책은 우크라이나의 주요 저항 정책 중 하나다. 무기를 가지고 투항하는 경우에 수만 달러에 당하는 보상금을 제공했고, 실제로 그 현상금에 항복하는 러시아 병사가 적지 않았다.

"하지만 그건 물건이죠."

"그러면요?"

"장교들에게 현상금을 걸어야지요."

"장교? 설마 사람에게 현상금을 걸자는 겁니까?"

"네."

"아니, 그건 좀 너무 잔인한 거 아닙니까?"

"잔인이요? 내가 죽이는 겁니까? 아니면 저들이 죽이는 겁니까? 그리고 내 사람이 우선이지, 저들이 우선은 아니지 않습니까?"

"그거야 그렇습니다만 그건, 후우……. 아니, 그걸 떠나서 말입니다, 그런 방법은 사라진 지 오래되었는데요?"

실제로 이 방법은 오래전부터 사용되던 방법이었다. 인류의 역사에서 적장의 목을 잘라 오면 보상해 주는 경우는 많았고, 그렇게 적장이 목숨을 잃은 경우도 많았다.

당장 《삼국지》의 장비조차도 그렇게 목숨을 잃어버리지 않았던가.

하지만 1차대전과 2차대전을 거치면서 그 방법은 사실상 사라졌다.

잔인해서? 그럴 리가 없다. 화염방사기로 사람을 산 채로 구워 버리고 독가스로 수백 수천 명을 한꺼번에 학살하는 인간의 본성에 비하면 이건 잔인한 축에도 속하지 못한다.

그럼에도 사라진 이유는 일단 효과가 거의 없다는 점 때문이었다.

적장의 목을 따고 오면 돈을 준다. 그런데 그 장군을 지키는 사람이 한둘이 아니다. 접근하기도 힘들뿐더러 설사 접근에 성공해도 죽이는 게 쉽지 않다.

과거에 장군들은 무력으로 정해졌는데 일개 병사가 그 많은 호위병을 뚫고 장군의 목을 잘라서 들고 온다? 그게 쉽겠는가. 설사 어찌어찌 장군이 목을 잘랐다 한들 그때부터 싸워야 하는 건 경호원이 아닌 전군이다.

그렇다고 해서 죽인 다음에 투항해서 '제가 장군의 목을 땄습니다.'라고 말해 봐야 증거가 없다. 그러니 사실상 효과가 없다는 거다.

두 번째, 전쟁터의 흐름이 바뀌었다는 거다. 과거에 장군들은 모든 전권을 쥐고 흔들었다. 이를 반대로 말하면 장군이 죽으면 적의 병력이 무너지는 건 기정사실이었다는 뜻이다.

하지만 현대전에서 그럴 수가 없다. 군단에 사단에 여단에 대대에 중대에 소대까지 체계적으로 분류되어 있다.

과거처럼 배운 한 명의 장군이 모든 걸 지배하는 게 아니라 그를 대체할 수 있는 사람들이 작게는 수십, 많게는 수백 단위로 존재한다.

예를 들어 사단장이 죽어도 여단장쯤 되면 그 자리를 대신할 수 있고 중대장이나 소대장은 아예 현대 보직으로도 소비되는 하위 장교로 분류된다.

심지어 일반 병사들조차도 과거처럼 일자무식도 아닌 시절인지라 한 명을 죽인다고 해서 전황이 확확 바뀌는 경우는 드물다.

그러다 보니 현대 시점에서 장교에 대한 현상금은 존재 의의가 없다.

"물론 그렇지요. 하지만 가장 핵심적인 걸 잊어버리셨네요."

"핵심적인 거요?"

"왜 전쟁터에서 형벌 부대를 운영하지 않는가, 라는 거요."

"네?"

"러시아에서는 사실상 형벌 부대를 운영하려고 합니다. 아시죠?"

"네, 딱히 비밀도 아니지 않습니까?"

레드그룹이 교도소에서 사람을 빼서 전선에 밀어 넣으려 한다는 이야기는 의외로 널리 알려지게 된다. 그만큼 특수한 경우니까.

'나중에는 아예 고등학생들까지 징병하려고 하지.'

회귀 전 레드그룹은 교도소에서 사람을 빼낼 수 없게 되자 급기야 고등학교를 찾아다니면서 모병했는데, 그때 수많은 고등학생들이 지원하기도 했다. 다행히도 그 무렵 레드그룹과의 사이가 틀어지기 시작한 체르덴코가 자연스럽게 그걸 막아 버린 덕에 금방 멈추지만 말이다.

"그리고 현시점에서 가장 극렬하게 싸우는 건 레드그룹이 죠?"

"네."

레드그룹은 용병이지만 선두에서 가장 극렬하게 싸우고 있다. 도리어 러시아군은 후방에서 구경하거나 견제한답시고 깐죽거린다.

'그래서 러시아군과 레드그룹의 대우 차이가 드러나게 되지.'

러시아군은 레드그룹을 일종의 고기 방패로 쓰기를 원했는데, 그런 상황이 쌓이고 쌓여서 결국 레드그룹이 폭발하게 된다.

레드그룹은 러시아군이 무기는커녕 심지어 총알조차 주지 않는다고 항의하고, 러시아군은 고기 방패 역할이나 할 줄 알았던 레드그룹이 나름 실력을 입증하면서 자연스럽게 공적을 차지하자 견제하다가 결국 극단적으로 충돌하게 된다.

"그러니까 그들을 자극해서 전선에서 못 싸우게 하자는 겁니다."

"네?"

"러시아군은 지금 뒤에서 훈련하느라 정신없을 겁니다. 제가 말씀드린 것처럼 러시아군은 레드그룹을 고기 방패로 쓰고 싶어 하니까요."

"그런데 현상금이랑 그게 무슨 관계가 있는 겁니까?"

"전선에서 형벌 부대를 쓰지 않는 가장 큰 이유는 그들이 통제에서 벗어나기 때문입니다."

사람은 규칙에 따르고 상부의 명령에 따른다. 일반인이라면 이게 너무나 당연한 전제 조건이고 실제로 이걸 실험으로 증명했다.

과거 실험에서 가짜 전기 고문을 하도록 지시했을 때 그걸 거부한 사람들은 고작 30%밖에 되지 않았다.

나머지 70%의 사람은 상대방이 전기 고문을 당하고 있다고 확신하고 있음에도 불구하고 연구자로 분장한 연기자의 압박에 굴복해서 전기 고문 버튼을 눌렀다.

그들이 상급자도 아닐뿐더러 사전에 원한다면 얼마든지 멈출 수 있다는 얘기도 들었고, 설사 멈춘다고 해도 실험 참가에 대한 돈이 지급되어 아무런 손실이 없다는 걸 알고 있었는데도 말이다. 그런데 하물며 온갖 불이익을 당할 수밖에 없는 군대라는 조직은 어떻겠는가?

"하지만 형벌 부대는 다르죠."

그들은 반골 기질이 아예 머릿속에 박혀 있다. 전쟁터에서 통제에 따르지 않고 여차하면 자기 이익을 우선시한다.

그렇기에 전체적으로 통제하면서 전선을 유지할 때는 범죄자들은 도리어 자신이 살기 위해 노력한다.

　"왜 2차대전 당시에 소련이 형벌 부대 뒤에 기관총을 배치했겠습니까?"

　단순히 도망치는 걸 막기 위함인 것도 있지만 그러지 않으면 통제되지 않을 거라 생각했기 때문이다.

　"그 당시에 투입된 형벌 부대는 과거의 백군 출신이 대부분입니다. 엄밀하게 말하면 범죄자도 아닌데도 그 난리였는데 하물며 이번에 투입될 징집병들은 범죄자입니다."

　"설마……."

　"네, 충분한 이유만 있다면 기꺼이 장교의 목을 따 올 놈들이라는 거죠."

　노형진은 자신 있게 말했다.

　"범죄자들에게 미래는 사실 큰 의미가 없습니다. 그들은 자신들이 무조건 잘된다고 생각하니까요."

　"네?"

　"이건 심리학적인 문제인데."

　범죄자들은 미래에 대한 가능성을 계산하는 능력이 아주 떨어진다. 내가 범죄자가 되어서 잡혀 들어갈 가능성보다 내가 범죄를 저질러서 얻을 당장의 수익에 더 집중하는 경향이 있다는 거다.

　"그게 전쟁과 관련이 있습니까?"

"당연히 있죠. 만일 일반인을 대상으로 모병한다면 어떤 사람들이 지원하겠습니까?"

"그거야……."

애국심이 강한 일부를 제외하고는 거의 하지 않을 거다. 그걸 알기에 지금 러시아는 모병이 아닌 징집이라는 카드를 꺼낸 거다.

"일반인들은 규칙에 대한 심한 부담감을 느끼거든요. 그래서 규칙에 정해지면 거기에서 벗어나는 것을 무척이나 두려워합니다."

"그러면 범죄자들은 아닌가요?"

"네. 범죄자들은 생각의 방식 자체가 다르거든요."

상당수 범죄자들은 먼 미래가 아니라 당장 눈앞의 이득에만 집착하는 성향을 보인다. 그래서 미래에 닥치는 죽음에 대한 걱정이 아니라 일단 여기서 나간다는 사실에 더 신경 쓰게 된다.

당연히 그건 전쟁터에서도 똑같이 작동하게 될 거다. 장교를 죽이고 이탈하면 살 가능성이 더 높고 버티면 더 죽을 확률이 높다는 걸 알게 되었을 때 과연 범죄자가 어떤 선택을 할까?

그들에게는 규칙에 대한 존중도, 사회에 대한 책임도 없다. 그저 자신의 이득이 우선일 뿐이다.

물론 전쟁터에서 죽을 확률 같은 걸 러시아나 레드그룹이 계산해서 알려 주지는 않겠지만. 아주 조금만 생각해도 어느 쪽이 더 생존 확률이 높게 나올지 예상하는 건 어려운 일이 아니다.

'그러고 보니 생존율이 15%였다던가, 25%였다던가?'

중요한 건 규칙을 지키느냐 안 지키느냐의 차이다. 그래서 과거부터 범죄자들을 이용한 형벌 부대가 생각보다 잘 이용이 안 된 거다. 사회적으로 쓸모없는 집단이지만 무력을 쥐는 경우 더더욱 위험한 집단으로 변질될 가능성이 크니까.

"거기에 지원하는 사람은 둘 중 하나죠. 마냥 잘될 거라 믿는 전형적인 범죄자 타입의 인간이든가, 아니면 종신형이나 최소 10년 이상의 형량을 받아서 이 감옥에서 내가 죽겠다고 생각하는 강력범죄자든가."

"그러겠네요. 저라도 3년 정도면 교도소에 있지, 전쟁터로 가지는 않을 겁니다."

"그러면 제가 무슨 말을 하고 싶은지 아시겠죠?"

"아!"

그 말에 요프젠의 얼굴이 밝아졌다.

"이득만 충분하다면 징집병들이 배신할 가능성이 높다는 거군요."

"맞습니다. 특히 레드그룹에서 모집하게 될지도 모르는 범죄자들은 더더욱 그러겠지요. 그들은 이득만 충분히 보장된다면 기꺼이 배신할 겁니다. 더군다나 상관이 그들에게 좋은 대우를 해 줄까요?"

"그럴 리가 없죠."

"《삼국지》에서 장비가 살해당한 이유가 바로 그거죠."

장비는 거친 성정으로 인해 부하들을 사람 취급하지 않고 심하게 두들겨 패는 인간이었다. 그래서 부하들이 '이렇게 죽나 저렇게 죽나.'라는 생각으로 장비를 죽인 거다.

"그리고 제가 아는 러시아 사람이라면 제대로 된 대우는커녕 그냥 죽었으면 해서 막 대할걸요."

'실제로도 그렇고.'

회귀 전 우크라이나에 투항한 레드그룹의 병사의 말에 따르면 레드그룹은 그들을 용병이 아닌 소모품으로 취급했고, 심지어 2차대전에서처럼 후방에 독전병을 배치해서 도망치거나 후퇴하려고 하면 바로 기관총으로 쏴 버렸다고 한다.

심지어 훈련 과정에서 불만을 가졌다는 이유로 그대로 즉결 처형도 했다고.

애초에 러시아와 레드그룹은 그들을 소모품으로 삼을 테고 그걸 그들도 알게 될 거다.

"그러니 그들에게 적당한 미끼만 던진다면 충분히 배신을 유도할 수 있을 겁니다."

"하지만……."

노형진의 말을 조용히 듣고 있던 로버트가 고개를 갸웃하며 말했다.

"그들을 받아 줄 수는 없지 않습니까? 그들은 범죄자입니다."

"네, 그렇지만 동시에 러시아군의 포로이기도 하죠."

"포로?"

"그들이 장교를 죽이고 왔다 한들 우리가 그 사실을 넘기지 않는 이상 러시아군은 알 수 없다는 거죠."

공식적으로 우크라이나군은 그들이 항복한 이상 전쟁 포로로 대우해야 한다.

"그리고 여기서 문제는 러시아군이 과연 그의 복무를 어떻게 판단하느냐에 따라 사면 여부가 달라진다는 거죠."

현재 발표에 따르면 러시아와 레드그룹은 6개월간의 복무를 마친 죄수 병사들을 사면할 예정이다. 또한 징집병들 역시 일정 기간 복무하면 돌려보내겠다 약속하고 있다.

그런데 만일 그들이 1개월간 전투에 투입되었다가 포로로 잡힌 다음 종전하고 돌려보내진다면 어떻게 할까?

"그런 경우 남은 5개월을 어떻게 볼 것이냐는 문제가 생기죠."

일반적인 판단대로라면 포로로 잡힌 시점도 복무 기간으로 봐야 한다. 그러면 돌려보내는 경우에 자연스럽게 풀려나야 정상이다.

"그러면 징집병들이 열심히 싸울 필요가 없군요."

로버트는 노형진이 노리는 게 뭔지 알아차리고는 혀를 내둘렀다. 노형진의 말대로 그런 경우에 범죄자들은 자신의 이익을 우선시해서 항복하려 할 거다.

목숨도 건질 수 있고, 돌아가면 석방도 될 수 있으니까.

"거기다가 러시아 장교를 죽인다면 돈도 두둑하게 받을 수 있으니까."

물론 공식적으로 현금을 주거나 할 수는 없다.

하지만 러시아가 접근하거나 알 수 없는 해외 계좌에 돈을 넣어 두면, 설사 러시아 정부로부터 그 복무 기간을 인정받지 못해 다시 감옥에 들어갔다 나온다고 해도 믿을 만한 구석이 있으니까 기를 쓰고 장교의 모가지를 따 오려고 할 거다.

"그리고 시대도 바뀌었으니까."

시대가 바뀌었다. 전처럼 증명한다고 해서 목을 잘라 올 필요가 없다. 사진을 찍어도 되고, 그 대신 장교의 인식표를 가져와도 된다.

"어차피 내 등에 총질하는 놈들입니다."

자신을 살려서 보낼 생각이 없는 놈들. 그놈들에게 원한이 생기지 않을 수가 없는 상황인데, 거기에 이득까지 더해진다면?

"최소한 레드그룹의 공격은 와해되겠군요."

"그럴 겁니다."

물론 모든 징집병들이 그렇게 장교를 죽이고 증거를 가져오려고 하지는 않을 거다. 하지만 그럴 가능성이 있다는 것 자체가 러시아군과 레드그룹에는 큰 문제가 될 수밖에 없었다.

부하와 장교가 서로 믿지 못한다는 것은 군사작전에서 아주 심각한 일이니까.

"아마 러시아군이 생각하는 대로 일이 굴러가지는 않을 겁니다."

그리고 러시아군은 더더욱 코너에 몰리게 될 게 분명했다.

믿음이 없는 관계

레드그룹.

러시아-우크라이나 전쟁의 핵심 전력이자 러시아군을 대신해서 공격의 중심에 있는 민간 군사 기업.

그들은 러시아 대통령 체르덴코의 결정에 따라 부족한 인원을 사회가 아닌 교도소에서 뽑았다. 그리고 최소한의 훈련을 시킨 후에 전쟁터로 내몰았다.

"돌격! 돌격해!"

사방이 파편과 창문으로 가득한 도시. 그 도시의 후방에서 지르는 소리가 여기까지 들려오고 있었다.

"이런 쌍!"

하지만 레드그룹의 신병이자 러시아의 죄수인 이고르는

저절로 욕이 나왔다. 그리고 고개를 숙이는 순간 그의 머리 뒤에 있는 벽에서 총알이 튀었다.

탕!

"이런 썅."

그리고 총소리가 나기 무섭게 동료들은 이리저리 흩어져서 주변을 살폈다. 하지만 보이는 것도, 추가적인 사격도 없었다.

"지랄 같네."

여기에 투입된 지 한 달. 그리고 그 한 달이면 충분히 돌아가는 꼴을 알 만한 상황이었다.

"조심해. 저격수다."

정확하게는 저격수 아니면 무인 터렛이다. 그리고 저것은 높은 확률로 무인 터렛일 것이다. 당연히 죽어라 싸우며 거기까지 가 봐야 적은 없고 망가진 무인 터렛 하나만 덩그러니 있을 거다.

그리고 그곳까지 가는 동안 얼마나 죽을까? 열 명? 스무 명?

운 좋으면 네 명쯤 죽을 테고, 운 나쁘면 부비 트랩에 한 서른 명까지 죽을 수도 있다. 그리고 진짜 운이 나쁘면 그 사망자 명단에 자신의 이름이 올라갈 테고.

"제대로 숨어. 아니, 건물로……."

이리저리 주변을 살피는 병사들. 그럴 수밖에 없었다. 이런 꼴을 한두 번 당한 게 아니니까.

피유~ 우웅~.

하늘을 나는 휘파람 소리. 그리고 후방에서 뭔가가 터져 나갔다.

쾅!

철퍼덕.

그리고 그 폭발에 휘말린 누군가의 박살 난 얼굴이 신병에 얼굴을 때렸다.

"으아아아!"

신병은 그걸 보고 미친 듯이 비명을 질렀다.

그 역시 교도소에서 지원해 온 병사였다. 죄목이 뭐라더라? 폭행이라고 했던가, 살인이라고 했던가, 강간이라고 했던가.

'알 게 뭐야.'

하지만 알 필요도 없었고, 알려고 하지도 않았다.

"으아아아, 살려…… 살려 줘!"

신병은 비명을 지르면서 숨어 있던 곳에서 튀어나와 어딘가로 뛰었다. 그리고 다시 한번 뒤에서 고함이 들려왔다.

"돌격하라! 후퇴는 용납하지 못한다!"

"살려 줘! 살려 줘!"

그러나 이미 패닉에 빠진 신병은 그 말을 제대로 듣지 못하고 그저 살려 달라고 비명만 빽빽 질렀다.

그리고 그 대답은 다른 형태로 날아왔다.

타타타탕!

기관총 소리가 들리고 후방으로 뛰던 신병이 그대로 고꾸라졌다. 그리고 더는 움직이지 않았다.

"이러니 알 필요가 없지."

투입된 지 한 달. 그러나 산 사람보다 죽은 사람이 더 많은 상황이었다.

"야, 보리스! 어떻게 해?"

그 말에 남은 사람들은 한 사람에게 물었다.

보리스. 죄목이 사기라고 했다. 그리고 그가 사실상 이 망할 부대의 리더였다.

소대장 새끼는 자기들 뒤에서 기관총을 들고 지랄할 뿐 절대로 전방에 나오지 않았고, 그나마 이 중에서 머리 좋은 새끼는 보리스 하나뿐이었기 때문이다.

보리스의 지휘가 없었다면 아마 이고르도 오래전에 죽었을 것이다.

"빌딩이나 집이…… 씨팔…… 없네."

저격으로 고착화하고 박격포로 박살 내기.

우크라이나 놈들이 가장 선호하는 전략이다. 그런데 그걸 가장 잘 쓰는 곳이 이제는 다 박살 나서 하늘에서 떨어지는 공격을 피할 수가 없었다.

"빨리 찾아, 이 새끼야!"

"아가리 닥쳐! 너만 급한 거 아니야!"

박격포로 몇 번 잡아 보려고 하는데, 안 된다? 그러면 드론이 날아올 거다. 당연하게도 그때는 하늘에서 저격당해 사냥당하는 것뿐이었다.

"돌격해! 돌격하라고, 이 쓸모없는 것들아!"

그리고 그 상황에서조차도 제대로 된 지휘를 하기는커녕 후방에서 소리만 빽빽 지르는 소대장 새끼.

"아가리 좀 닥쳐!"

이고르는 소대장이 있는 쪽을 향해 소리를 버럭 질렀다. 그러나 대답은 들려오지도 않았다.

애초에 저놈은 여기서 뭐라고 하는지 관심도 없을 거다. 지금까지 한 말은 '돌격하라.'뿐이니까.

"야, 이고르!"

"어어어…… 저기…… 저기……!"

"이런 씨팔. 저기 지하실이 있잖아."

결국 참다못한 병사 한 명이 다급하게 뛰어서 그 지하실로 내려가려고 했다.

"아니, 그건 아니야! 열렸잖아! 너무 쉽게 열려 있……."

그러나 그 말은 제대로 마무리되지 못했다. 먼저 그 지하실로 뛰어가던 병사의 육신이 박살 나면서 튀어나왔던 것이다.

"부비 트랩이 있을 거라고……."

"멍청한 새끼."

뒈진 새끼에게 비웃음을 날리면서 다시 한번 이고르를 바라보는 병사들.

"지하실로 가자."

"뭐? 지금 저 새끼 뒈졌잖아?"

"저 새끼가 뒈졌으니까 이제 부비 트랩이 없겠지."

"아!"

그 말에 다들 끄덕거리면서 허겁지겁 지하실로 들어갔다.
박살 난 육신이 눈에 들어왔지만 애써 신경 쓰지 않았다.

쾅! 쾅!

날아오는 박격포. 그리고 뒤에서 들리는 고함.

"돌격하라!"

"병신 새끼."

지하실에 들어간 보리스는 누군가에게 하는 건지 모를 말
을 중얼거리면서 그대로 자리에 주저앉았다. 그러나 모두들
그 말을 부정하지 못한 채로 주저앉았다.

어쩌면 여기서 가장 병신은 6개월만 버티면 풀어 준다는
말에 혹해서 모병에 응한 자신들일지도 모르기 때문이다.

"야, 이고르. 괜찮아?"

"어. 괜찮아."

"소대장 새끼가 지랄하디?"

"한두 번이냐?"

"하긴."

이고르와 보리스의 소대가 끝끝내 돌격하지 않고 버티다가 후퇴하자 소대장은 온갖 지랄을 했다.

특히 보리스는 아주 대놓고 두들겨 맞았다. 겁쟁이 소대장은 전선에 나서지 않지만 사실상 전선에서 그들을 통제하는 게 보리스라는 걸 알고 있었기 때문이다.

실제로 보리스가 분대장이기는 하다. 비공식적으로 말이다.

"후우, 오늘은 어떻게 버텼는데 말이지."

보리스가 중얼거리자 이고르는 그런 보리스에게 바짝 붙었다.

"오래는 못 버티겠지?"

"못 버티지. 박격포야 지하실에서 어찌 버틴다지만 재수 없어서 에이테킴스ATACMS에 맞으면 끝이야."

"그게 뭔데?"

그러자 다른 병사가 고개를 갸웃하면서 물었다.

"다연장 로켓."

"다연자장 로켓?"

"그냥 존나 짱 쎄고 멀리 날아가는 박격포라고 알아 둬라."

보리스는 무식함의 끝을 달리는 다른 병사들에게 대충 대답하면서 한숨을 쉬었다.

"그게 아니라 해도 소대장 저 새끼가 살려 두지는 않을 것 같은데."

"끄응."

실제로 그게 문제이기는 하다. 오늘은 도망가는 병신을 쏴 죽이는 정도에서 끝났지만 만일 계속 돌격을 거부한다면 차라리 자신들을 쏴 죽이고 새로운 병사를 받으려고 할 거다.

자신들이 싹 다 죽어도 누구도 처벌받지 않을 테고 누구도 책임지지 않을 거다.

자신들은 그런 존재다. 죽어도 그만인 러시아의 범죄자들.

"혹해서 사인하는 게 아니었는데. 2차대전의 후퇴 금지 명령도 아니고."

2차대전 당시 구소련은 전선에 후퇴 금지 명령을 내리고 후퇴하는 병사들을 말 그대로 학살했다. 독전대 역시 그런 의미에서 배치된 거다.

그런데 얼마 전 체르덴코가 후퇴 금지를 결정하면서 장교들은 앞이 아닌 뒤에서 정식 레드그룹의 멤버들과 함께 독전대로서 교도소에서 징집된 병사들에게 총부리를 들이밀고 있었다.

"어쩌냐, 이대로는 다 죽게 생겼는데."

그렇잖아도 원 역사에서 징집병의 생존율은 바닥이었다. 6개월 근무 후 사면이 조건이었기에 6개월이 되면 다 돌려보내 줬는데도 그 비중이 고작 15%였다. 그나마도 부상자들도 포함해서였다. 일단 부상으로 후방에 후송되면 회복할 때쯤이면 6개월 복무가 끝나니까.

그러나 지금 상황은 그때보다 더 잔인했다. 그도 그럴 게, 그때는 우크라이나가 무기도, 방어 방법도 부족했기 때문이다.

하지만 무인 드론으로 안전한 곳에서 조종해서 쏴 버리는 우크라이나군에 드론을 이용한 소탕전까지 벌어지자 지금은 15%는커녕 5%나 나올까 말까 하는 상황.

"후우, 씨팔……. 어쩌지."

다들 모집할 때만 해도 이 지랄이 날 줄은 몰랐다. 그냥 '6개월만 버티면 된다. 그러면 자유다.'라는 말만 듣고 혹해서 사인했기 때문이다.

죄다 교도소에 있었기에 다들 러시아-우크라이나 전쟁이 얼마나 개판인지, 그리고 얼마나 치열한지 몰랐던 것이다.

그들에게 전쟁이란 총 들고 쳐들어가서 다 쏴 죽이고 재물은 약탈하고 여자는 강간하는 것이었다.

실제로 레드그룹은 그런 식으로 이야기했고 말이다.

하지만 투입돼서 맞닥뜨린 현실은 달랐다.

살아남는 사람보다 죽는 사람이 더 많았고 생존 시간은 달이나 날짜가 아닌 시간을 따지는 게 더 빠를 정도로 빠르게 죽어 나자빠졌다.

당장 첫 투입 당시에 인원 중에서 살아남은 건 이고르와 보리스뿐이었다. 지금 함께하는 병사들은 그 후에 속아서 끌려온 놈들이었다.

"처음 투입된 게 우리 부대만 예순 명인데."

그런데 살아남은 건 두 명. 그마저도 이제는 얼마나 버틸지 알 수가 없다.

"후우, 씨팔. 좆같네."

죽어야만 하는, 그리고 죽을 수밖에 없는 상황에 이고르는 한숨을 푹 쉬었다.

그런데 보리스의 행동이 평소와 달랐다.

"소대장이랑 다른 새끼들은 뭐 해?"

"뭐, 하긴 술 처마시고 자지."

"병신 같은 새끼들. 도대체 어디서 술을 구하는 거야?"

툴툴거리는 그때, 보리스는 누군가에게 손짓했다.

"누가 오는지 확인해 봐. 입구에 오는 사람이 있는지."

"왜? 도망이라도 가게?"

"여기서? 어디로?"

가 봐야 다 전쟁터다. 도망가고 싶어도 갈 곳이 없다.

전방으로 간다? 아마 항복하기도 전에 총알이 날아올 거다.

그렇다고 후방으로 간다? 그러면 아군이 자신의 대가리에 총알을 박아 넣을 거다.

"여기는 지옥이야. 갈 곳도 없고."

"좀 닥치고 보라면 봐. 걸리면 안 돼."

아무리 보리스가 다른 죄수들보다 상대적으로 형량이 적은 사기범이라고 해도 범죄자는 범죄자다. 더군다나 그가 사실상 리더이기에 그 말에 신병 하나가 구시렁거리면서 문밖을 감시하기 시작했다.

그러자 보리스가 품에서 뭔가를 꺼내 들었다.

"너? 그거 뭐야? 어디서 구한 거야?"

그의 손에 들린 것은 다름 아닌 핸드폰이었다. 그것도 충전되어 있는 핸드폰.

"미친?"

"진짜 핸드폰이라고?"

핸드폰이라는 말에 다들 우르르 몰려들었고 입구를 감시하던 병사도 오려고 했다.

"목소리 좀 낮춰. 소대장 새끼 부르고 싶어? 그리고 너 제대로 감시 안 해?"

"으응."

그 말에 황급히 주위를 살피며 조심하는 병사들. 이고르가 목소리를 낮춰 물었다.

"어디서 구한 거야? 아니 뭐, 누가 뒈지면서 떨굴 수도 있다지만 이건 충전된 거잖아."

레드그룹에서 고용된 죄수들에게는 핸드폰이 제공되지 않는다.

물론 여기서 싸우는 게 죄수들뿐인 것도 아니고 전쟁터에서 핸드폰 쓰는 놈이 없지도 않으니 구할 수야 있겠지만 여기는 전기가 들어온 지 오래였다.

"어제 마트에서 일회용 핸드폰 충전기를 몇 개 찾았어."

"아하."

확실히 이미 마트가 털린 지 오래겠지만 돈 안 되는 일회용 핸드폰 충전기는 털어 가지 않았을 것이다.

"그런데 이걸로 뭐 하려고? 가족에게 전화라도 하려고? 어? 전화가 살아 있네? 누구 건데?"

"몰라? 다른 부대 새끼가 누군지 알 게 뭐야. 그런데 뒈진 지는 얼마 안 되었더라."

확실히 그런 거라면 핸드폰이 아직 해지되지는 않았을 거다.

"그런데 진짜 그걸로 뭐 하려고? 가족에게 전화해서 살려 달라고 하게?"

"그게 아니라 좀 닥치고 봐 봐."

보리스는 핸드폰에서 뭔가를 켜서 보여 줬다. 그걸 본 병사들은 일제히 눈이 커졌다.

−러시아 병사들에게 말합니다. 장교를 죽이고 그 증거를 가져오면 보상하겠습니다.

소대장급은 5천 달러, 중대장은 1만 달러, 대대장은 3만 달러, 사단장은 10만 달러.

모든 돈은 해외 계좌로 지급되고 항복 시에 모든 사실은 기밀로 처리되며 전쟁 포로로 대우하겠습니다. 송환은 전쟁 종료 후 안전이 확보된 후에 이루어질 것입니다.

이것이 법이다

한 지역에 무차별적으로 발송하는 문자 시스템이었다. 한국에서 특정 지역의 핸드폰에 문자를 한꺼번에 발송하는 건 어렵지 않으니까.

"이게 뭐야?"

"말 그대로야. 저 새끼들 모가지를 따 가지고 가면 돈도 주고 살려도 준다는 거지."

"살려도 주고 돈도 준다고?"

"그래."

"하지만 돈이……."

5천 달러와 1만 달러 그리고 3만 달러. 얼핏 작아 보이는 돈이다.

하지만 러시아인 입장에서는 절대 작은 돈이 아니다. 소대장이야 그렇다 쳐도 대대장이 3만 달러라는 것은 4천만 원이 넘는 돈을 준다는 뜻이다.

엄청 비싸 보이는 돈이지만 대대장을 죽이기 위해 한 발에 억 단위인 미사일을 기꺼이 쏘는 것을 감안하면 도리어 남는 장사다.

"어떻게 생각해?"

보리스는 이고르를 바라보았다. 이 부대에서 사실상 자신과 함께 리더 역할을 하는 게 이고르니까.

"집에 보내 준다는 건 혹하는데 돈을 주는 건 확실해?"

"러시아에서 손대지 못하는 해외 계좌로 준다잖아."

"음…….."

"야…… 솔직히 우리가 손해 볼 게 뭐가 있어? 오늘 신병 새끼 뒈지는 거 봤지? 앞으로 얼마나 더 우리를 두고 볼 것 같아?"

진격을 거부하면 아마도 조만간 싹 죽이고 새로운 죄수들로 신병을 채울 거다.

"어차피 우리는 죽은 목숨이야."

그 말에 모두의 눈이 번뜩거렸다. 어차피 죽은 목숨이라는 그 말을 부정할 수 없었기 때문이다.

"장교 새끼들 모조리 담가 버리고 가자."

"우리끼리?"

"다른 소대 놈들도 끼워 넣어야지. 다들 뒈지기 싫을 거 아니야."

"죽이는 건 문제가 안 되는데."

어차피 자신들을 감시하는 놈들의 숫자야 뻔하다. 다른 소대 놈들을 포섭해서 습격하면 조지는 건 어렵지 않다. 대대장까지는 힘들겠지만 중대장까지는 어떻게 해 볼 만하다.

"그런데 어떻게 항복하려고?"

레드그룹이 모병된 죄수들에게 핸드폰을 주지 않는 이유가 뭔가? 바로 항복을 막기 위해서가 아닌가?

보리스는 핸드폰을 흔들어 보였다.

"우리에게는 핸드폰이 있잖아."

그 말에 병사들의 눈에 광기가 번득거렸다.

"오래 고민할 필요는 없겠지?"

보리스의 말에 이고르는 고개를 끄덕거리면서 자신의 소총을 꽉 잡았다.

보고를 받은 요프젠은 어이없어서 다시 확인하듯이 물었다.

"그러니까, 지금 레드그룹 내부에서 자기들끼리 교전이 벌어지고 있다고?"

"네, 일부는 상당한 큰 규모로 이루어지고 있습니다."

"큰 규모?"

"대대급에서 내부 교전이 일어난 걸로 보입니다."

"허?"

아무리 레드그룹이라 해도 범죄자만으로 부대를 구성하지는 않을 거다. 그랬기에 그 내부에서 범죄자 중 모병된 자들의 대우는 뻔했다. 그리고 자연스럽게 원래 있던 멤버와 추후 교도소에서 보충된 멤버들의 대우가 다를 수밖에 없었고 결국 그게 장교의 현상금을 이유로 터지기 시작한 거다.

죽어야 하는 장교는 당연히 원래 멤버일 테고 그가 죽도록 다른 놈들이 그냥 두고 볼 리가 없으니까.

결과적으로 자기들끼리 총질하는 건 당연한 일이 되어 버릴 수밖에 없었다.

"미스터 노는 이걸 노린 걸까?"

사실 돈을 걸고 부대장들의 목을 따 오라고 했을 때만 해도 큰 기대는 하지 않았다. 성공하면 싼 가격에 부대를 와해시킬 수 있으니 좋고, 설사 실패하더라도 핸드폰 데이터 말고는 손해 보는 게 없으니까.

그런데 마치 기다렸다는 듯 레드그룹이 서로 총질하기 시작했다.

"물론 모든 부대에서 그러는 건 아닙니다만."

"그래도 적지 않은 곳에서 그런다는 거 아니야?"

"그렇습니다."

그리고 공격의 핵심인 레드그룹의 압력이 약해지자 우크라이나군은 조금씩이지만 확실하게 앞으로 밀고 나가고 있었다.

"생각보다 효과 좋군."

노형진의 계획에 따른 반응에 요프젠은 싱글벙글 웃음이 지어졌다.

"다른 방법이 있으면 좋은데."

"한번 만나 뵙고 더 물어보시죠. 이번 주에 다시 온다고 하지 않으셨습니까?"

"하긴, 그랬지."

요프젠은 고개를 끄덕거렸다.

"잘 만나서 이야기해 봐야겠군. 어쩌면 생각지도 못한 좋은 방법이 나올지도 모르겠어."

그의 마음속에서 슬며시 기대감이 피어올랐다.

⚖️

"내부 총질이요? 뭐, 예상은 했습니다만."

다시 한번 요프젠 차관을 만난 노형진은 피식 웃으며 말했다.

"진짜로 말입니까?"

"말씀드렸다시피 그들은 범죄자입니다. 자신이 우선이죠."

더군다나 자신을 등 뒤에서 죽이려고 하는 레드그룹과 사이가 좋을 리가 없다.

"살 방법이 없다면 모를까, 살 방법이 있다면 그걸 찾으려하는 건 당연한 거죠."

"음……."

"제가 그랬죠, 아무리 다급해도 형벌 부대를 안 쓰는 데에는 다 이유가 있다고. 형벌 부대를 쓸 때는 거기에 대부분 하나의 목적이 추가됩니다."

바로 해당 형벌 부대원의 소모다. 풀어 주면 사회적 분란을 야기할 게 뻔하기에, 그리고 이미 그들은 사회적으로 버려진 존재이기에 그들을 투입하는 시점에 그들의 소비라는 목적을 하나 더 추가하게 되는 것이다.

"설사 한국이라 해도 마찬가지일 겁니다."

만일 북한이나 중국과 전쟁이 나서 교도소에서 형벌 부대를 뽑아 운영하자고 하면 사람들은 뭐라고 할까?

당연히 그들을 위험하고 생존 확률이 낮은 곳에 밀어 넣고 일반 병사들은 조금이라도 안전한 곳에 두라고 요구할 거다.

"그게 사회적인 심리라는 거죠."

그리고 형벌 부대도 그걸 알기에 살기 위해 뭉칠 거다.

"그러면 항복한 놈들은 나중에 돌려보내면 그만이군요."

그렇게 되면 아마도 러시아에는 대혼란이 닥쳐올 거다.

그런 요프젠의 말에 노형진은 추가적인 조언을 해 줬다.

"항복한 놈들은 포로니까 별도로 모아 두세요. 가능하면 레드그룹 출신의 범죄자들끼리요."

"네? 어째서요? 그놈들은……"

"네, 범죄자입니다. 그러니 모아 두면 위험해 보이기도 하죠. 하지만 포로는 군인입니다. 그러니 이쪽에서 무장하고 경비할 수도 있죠."

게다가 포로이기에 그들이 거주하는 공간은 교도소와 거의 달라지지 않을 수밖에 없다.

특히 러시아 같은 곳은 더 그럴 거다. 한국만 해도 침상을 쫙 깔아 두고 한 건물에 쉰 명씩 박아 넣고 지내게 한 게 불과 얼마 전이니까.

"사실상 말이 포로지, 범죄자를 교도소에 가두듯이 관리하게 될 겁니다."

"그렇다곤 해도 그건 위험합니다. 서로 뭉쳐서 뭔 짓이라도 한다면…….."

"그때는 쏘면 그만입니다."

제네바협약에 따라 포로에게는 인격적인 대우를 해 줘야 하지만 그건 어디까지나 저항하지 않는 항복한 포로에 대한 거지, 저항하거나 탈출하려는 경우는 예외된다.

"저는 먼 미래를 이야기하는 겁니다."

"먼 미래라고 하시면?"

"그렇게 모여 있던 범죄자들이 러시아로 갔을 때 무슨 생각을 할까요? 이제 조국으로 돌아왔으니 행복하게 잘 먹고 잘 살아야겠다?"

그럴 리가 없다. 아니, 범죄자들은 그런 식으로 생각하지 않는다.

"솔직히 말해서 그들이 러시아로 갈 정도의 상황이면 러시아는 극도의 혼란기일 겁니다."

"으음, 그런가요?"

"네, 어느 쪽이든 체르덴코의 힘이 빠졌다는 소리니까요."

현시점에서 우크라이나가 패배하면서 러시아에 넘어갈 가능성은 거의 없다고 봐도 무방하다.

'원래 역사에서도 그런 일은 없었고 말이지.'

종전이 되든 휴전이 되든 가능성은 두 가지뿐이다.

하나는 러시아가 완전히 밀려난 경우. 그래서 우크라이나가 땅을 모두 수복하고 결과적으로 러시아가 패배하는 것이다.

그리고 또 하나는 러시아도, 우크라이나도 한계에 다다라서 결국 양쪽 다 휴전을 선택하는 경우다.

그런데 이게 과연 러시아에서 승리로 보일까? 정확한 숫자는 알 수 없지만 최소 100만 명 이상이 죽었음에도 얻은 게 없는 전쟁인데?

심지어 지금은 회귀 이전보다 빼앗은 영토가 훨씬 적기에 그 반작용도 더 클 것이다. 그리고 그 사실을 알기에 체르덴코는 어떻게든 한 평이라도 땅을 더 빼앗기 위해 혈안이 되어 있었다.

"체르덴코의 힘이 빠지든 그가 실각을 하든 러시아는 혼란스러워질 테고 자연히 힘의 공백이 생길 겁니다. 그리고 거의 대부분의 경우 그런 상황에서 폭력 조직이 생겨납니다."

실제로 구소련이 무너진 후에 러시아가 어느 정도 자리를 잡을 때까지 러시아의 레드 마피아가 휘두르는 힘은 어마어마했다.

심지어 지금도 러시아 레드 마피아라고 하면 전 세계에서 질려 할 정도로 강한 힘을 가지고 있고 말이다.

그리고 그런 레드 마피아를 학살하다시피 하면서 그 힘을 빼앗은 게 바로 체르덴코다. 그런데 그가 힘이 빠진다? 다시 레드 마피아가 안 생길 수가 없다.

"그런데, 이야~ 짜잔! 하고 교도소 동기들이 모여 있네요?"

교도소에 강력범죄를 저지른 놈들이 아주 오래 모여서 끈끈한 관계를 유지하고 있다.

그런 놈들이 러시아로 돌아갔을 때 과연 '이제 과거는 잊고 각자 새로운 삶을 찾아보자.'라고 생각할까? 아니면 새로운 레드 마피아가 되려고 할까?

"심지어 돈도 있죠."

개판 난 러시아 상황에서 달러는 강력한 파괴력을 가진다. 러시아-우크라이나 전쟁이 끝난 후에 서방이 바로 러시아에 대한 경제제재를 풀어 줄 리가 없다.

서방은 아마도 체르넨코가 확실하게 축출되지 않는 이상 절대로 경제제재를 풀어 주지 않을 거다.

"그런데 갑자기 달러를 쥔 범죄 조직이 짜잔 하고 나타나는 거죠."

"그러면 그놈들이 러시아의 밤을 지배하겠군요."

노형진의 말에 요프젠 차관의 눈이 커졌다. 전혀 생각해 보지 못했으니까.

"네, 맞습니다. 그리고 그들은 포로입니다. 우크라이나의 아래에 있었죠. 그 말인즉슨, 잘만 포섭하면 나중에 그들이 우크라이나를 위해 일해 줄 수도 있다는 뜻이죠."

물론 싼 가격에 일할 놈들도 아니고 안 해 줄 가능성도 있지만 그렇다고 해서 손해 보는 것은 없다.

돌려보내기만 해도 러시아의 혼란을 극대화할 수 있고, 운이 좋아서 제대로 선이 만들어진다면 신흥 레드 마피아를 통해 러시아 내부에서 붕괴시킬 수도 있다.

"허? 그걸 모두 계산하신 겁니까?"

어이없어하는 요프젠 차관의 말에 노형진은 어깨를 으쓱하며 말했다.

"전쟁은 총과 미사일로만 하는 게 아닙니다. 방법은 많지요, 그걸 찾는 게 쉽지 않을 뿐. 그것만 찾는다면 훨씬 쉽게 싸울 수 있습니다."

"그렇군요."

"그런 의미에서."

노형진은 요프젠에게 자신 있게 말했다.

"새로운 비즈니스 이야기를 해 볼까요? 후후후."

다음 권으로 이어집니다

천재 셰프 회귀하다

신사 현대 판타지 장편소설

독보적 미각의 천재 셰프
절망의 불구덩이에서 다시 기회를 얻다!

가스 폭발에서 사람을 구한 대가로
미각도, 손도 잃은 도진
재기를 마음먹은 어느 날
또다시 가스 폭발 사고에 휘말리고
한 번만 더 불 앞에 서기를 바라며 눈을 감는데……

미각과 손을 가져간 화마, 2회 차 인생을 선물하다?

고등학생으로 회귀한 후
과거의 지식과 경험을 바탕으로
요리계에 지각 변동을 일으키다!

요식업계 초신성에서 파인다이닝 오너 셰프까지
요리 명장의 인생 플레이팅!

송장벌레 신무협 장편소설

**귀신같은 창귀槍鬼가 돌아왔다,
때 묻지 않은 어린 시절의 몸으로!**

피로 몸을 씻던 전장의 말단 독종
구르고 굴러 지고의 경지까지 올랐으나……

혈교의 혈겁을 막기 위한 회귀인가
의형제의 복수를 위한 회귀인가
알 수 없다
전생에서 그를 막던 모든 것을 치울 뿐

"내 의형의 가슴팍을 칼로 도려내기도 했고?"
"무, 무슨 소리야…… 그런 적 없어!"
"그런 적 있어. 기억은 안 나겠지만."

**매 걸음마다 피도 눈물도 없는 전투
세상 모든 것이 그를 꺾으려 든다!**

빌런 경찰 이진우

이해날 현대 판타지 장편소설

『어게인 마이 라이프』작가 이해날의
뒷목 잡는 특제 막장 복수극이 펼쳐진다!
『빌런 경찰 이진우』

인수합병을 통해 굴지의 대기업 진백을 세운 백동하
임종의 순간, 믿었던 가족과 친구에게 배신당하고
과거와 미래를 보는 능력을 가진 경찰 이진우로 깨어나다!

배신자들에게 지옥을 보여 주기로 결심한 진우는
특별한 능력과 기업사냥꾼으로서의 지식을 활용해
경찰로서 진백을 공략하기 시작하는데……!

전직 회장이 보여 주는 기업사냥의 진수!
상상을 뛰어넘는 대기업 흔들기가 시작된다!

꿈의 도약, 로크에서 하십시오
(주)로크미디어에서 신인 작가를 모십니다

즐거운 세상, 로크미디어는 꿈을 사랑하고 도전을 두려워하지 않는 작가 분들의 참신한 작품을 기다리고 있습니다. 21세기 장르 문학계를 이끌어 갈 차세대 선두 주자 (주)로크미디어에서 여러분의 나래를 활짝 펴 보시길 바랍니다.

모집 분야 판타지와 무협을 포함한 장르 문학
모집 대상 아마추어 작가, 인터넷 작가
모집 기한 수시 모집
   작품 접수 시 유의 사항
   1. 파일명은 작가명_작품명.hwp형식을 갖춰 주십시오.
   1. 파일에 들어갈 내용은 다음과 같습니다.
      ― 성명(필명인 경우 실명을 밝혀 주세요), 연락처, 이메일 주소
      ― 제목, 기획 의도
      ― A4용지 1장 분량의 등장인물 소개
      ― A4용지 2장 분량의 전체 줄거리
      ― 본문
   1. 작품이 인터넷에 연재되고 있다면, 게시판명과 사이트의 구체적이고 정확한 주소를 기재해 주십시오.

선택된 작품은 정식 계약 후 출판물로 간행되어 전국 서점에 유통됩니다.
작가 분은 (주)로크미디어의 전폭적인 지원하에 전속 작가로 활동하시게 됩니다.
※ 자세한 내용은 로크미디어 홈페이지(rokmedia.com)를 참조하세요.

(04167)서울시 마포구 마포대로 45 일진빌딩 6층
(주)로크미디어 편집부 신간 기획 담당자 앞
전화 : 02) 3273-5135
www.rokmedia.com   이메일 : rokmedia@empas.com